La Demi-Veuve
Et Autres Histoires

Translated to French from the English version of
The Half Widow and Other Stories

Biren Sasmal

Ukiyoto Publishing

All global publishing rights are held by

Ukiyoto Publishing

Published in 2023

Content Copyright © Biren Sasmal

ISBN 9789359204017

All rights reserved.
No part of this publication may be reproduced, transmitted, or stored in a retrieval system, in any form by any means, electronic, mechanical, photocopying, recording or otherwise, without the prior permission of the publisher.

The moral rights of the author have been asserted.

This is a work of fiction. Names, characters, businesses, places, events, locales, and incidents are either the products of the author's imagination or used in a fictitious manner. Any resemblance to actual persons, living or dead, or actual events is purely coincidental.

This book is sold subject to the condition that it shall not by way of trade or otherwise, be lent, resold, hired out or otherwise circulated, without the publisher's prior consent, in any form of binding or cover other than that in which it is published.

www.ukiyoto.com

Contenu

La Demi-Veuve	1
Paan Pata Mukh	17
Les Nus	32
La Fourmi	46
Le Wazawan	62

La Demi-Veuve

Ce royaume qui n'existera jamais n'a pas de bureau de poste.

Il y a longtemps qu'aucune lettre n'a été signalée comme ayant afflué ou jailli.

Ici, aucun des sujets n'écrit de lettres.

C'est peut-être vrai. Peut-être pas.

Les gens disent qu'il y a une énorme boîte postale remplie de lettres. Certains disent avoir été témoins d'une foule de mères endeuillées qui s'empressaient de déposer leurs lettres dans une nuit gardée par la lune. Mais ils ont disparu dans les ténèbres. Un octogénaire qui se trouvait au sommet d'une colline a vu un oiseau numérique tenter de porter quelque chose sur ses ailes, mais les faucons du roi l'ont descendu à coups de bec jusqu'à ce que mort s'ensuive.

Ainsi, pas un seul oiseau n'entre ou ne sort.

Les hommes du roi ont organisé une fête avec leurs compatriotes armés et ont chanté :

Faux et mensonges, faux et mensonges

Regardez, les scorpions rampent.

Et les non-spécialistes,

Peep. Le soupçon s'insinue dans l'âme !

Foyers et maisons. Des fleurs dans le jardin d'en face

Sentez la sécession.....wow.....secession et l'enfer, ...woh !

Laissez libre cours à votre imagination.... Ha ha ha.... Tout l'enfer.....veritable .....

"Les non-lieux vivent-ils ici..... ? l'enfer, l'enfer et l'enfer ! nous sommes tous des fantômes.

Samira, la fille de Jara, âgée de douze ans, s'interroge.

"Alors, mon père est aussi un faux, une non-entité ?"

Samira note les lignes dans son livre de slam.

Samira sanglote. Vainly essaie de faire un dessin de son père. Éclate : "Non, il n'a jamais été dans le passé, ni maintenant, ni à l'avenir.

Ses yeux parcourent son chaume, sa petite cuisine, sa grand-mère, son grand-père qui se morfondent dans leur maigre cour égratignée. Puis elle a murmuré : tout n'est que mensonges ... all....

Jara se précipite vers Samira et lui arrache en un rien de temps son livre de chewing-gum.

"Qu'est-ce que vous êtes en train de griffonner ?"

Samira ne répond pas. Elle ne jette qu'un regard étrange à sa mère.

Jara gémit intérieurement : "Huh ! Un lotus en fleur de l'étang d'en face, Comment puis-je vous protéger ?"

Elle jette un rapide coup d'œil à Samira.

"Ecoutez, prenez votre déjeuner avec mamie. Les chapatis et l'achar (cornichon à la mangue) sont conservés dans la casserole. Veillez attentivement sur votre frère. Nourrissez-le, au moins. Je suis juste parti"

Oui, Jara doit se rendre à la capitale. A force d'aller et venir dans cette petite ville du nord depuis des années, Jara est devenue vieille, alors qu'elle n'a que trente-cinq ans.

Si vous venez dans ce pays introuvable, vous tomberez sur de petites huttes douillettes entourées de fils barbelés et de clôtures électriques - des fusils dépassant de leurs toits en filet comme des tombes baïonnant le ciel bleu. Vous rencontrerez des sentinelles et des gardes armés disséminés ici et là comme des têtes immergées dans des mares boueuses. Tous les douze ou treize mètres, vous trouverez un chowki ou poste de contrôle. Les détenus l'appellent volontiers "forteresse", tandis que les sujets emprisonnés sur les barricades l'appellent : "Le bunker du roi Hottoler". Quelle que soit la direction que vous prenez, vous trouverez les yeux d'un pistolet. Les armes se déplacent, crient et tirent à volonté. Jara se dirige vers l'autoroute à une vitesse exceptionnelle. Elle est montée dans un bus. Après avoir été réprimandée à plusieurs reprises, avoir bravé le cordon de sécurité composé d'hommes et avoir été arrêtée plusieurs fois pour être interrogée, elle a finalement atteint la destination sacrée. Cette fois, une brise fraîche et bienvenue apaise ses nerfs fatigués. Elle respire à pleins poumons. Le vert luxuriant des environs et les vagues fraîches provenant des sommets des montagnes voisines l'ont fait sourire un moment. L'instant d'après, Jara est consciente de ce qu'il faut faire. Elle devait rencontrer le magistrat. Elle avait entendu dire que le magistrat était un homme d'honneur. Il écoute patiemment les inquiétudes des gens. "Il répondra sûrement à mes cris.

En chemin, elle avait traversé une série de vergers de pommiers - d'immenses étendues de taillis verts d'une beauté sauvage au bord de la rivière. Jara appelle la rivière une "mère affligée" qui a vu beaucoup de sang - d'énormes corps humains jetés sur ses genoux comme n'importe quel sac à poussière jetable. Elle était stupéfaite et choquée de voir les cadavres d'adolescents jetés sur ses genoux alourdis par les occupants armés de tous les coins et recoins. Des nuits entières, elle a écouté les cris des âmes perdues. À sa grande consternation, elle a vu les visages couverts de hizabs de fossoyeurs fantomatiques enterrant directement de nombreuses personnes tuées par balle. Et le site choisi était le pâturage au bord de la rivière. La belle-mère de Jara a déclaré un jour : la rivière emporte nos péchés vers un pays au-delà des montagnes. Elle y rencontre son homologue et pleure avec lui.

Elle reçoit l'ordre de s'arrêter devant la porte blindée du bureau du magistrat.

Entourée d'un groupe de policiers, d'enquêteurs, de militaires et de para-militaires et d'espions couverts de hizab, elle se voit brutalement demander "Kidhar ja rahi ho" ? (où allez-vous ?)

"Pour rencontrer l'honorable magistrat".

"Il ne le fera pas".

"Pourquoi ne le fera-t-il pas ? C'est un fonctionnaire, n'est-ce pas ?"

"Est-il un officier qui vaut son pesant d'or ? Non. C'est un magistrat, soyez-en sûrs."

"J'attends depuis six mois. J'ai dépensé quelques centaines d'euros pour les allers-retours. Je dois le rencontrer aujourd'hui - je veux dire aujourd'hui."

Un quartier-maître des Royal Patriotic Rifles s'avance d'un air menaçant.

Tournant sa moustache en forme d'arc, il crache les restes de tabac de sa bouche.

"Quel est votre métier ?"

"Je vais parler à monsieur, directement."

"Vous ne pourrez jamais le rencontrer. Retournez-y."

"Je le ferai aujourd'hui. Ou je mettrai mon corps en flammes - ici, dans cet espace public."

"D'accord, on se met d'accord."

"Marché conclu ?"

"Si vous êtes d'accord, tout sera réglé. Vous êtes un modèle de beauté ! Pourquoi le sahib ne vient-il pas à votre rencontre ? Venez le soir, je vous emmènerai personnellement chez le sahib, compris ?"

"Hé, Deal baba, je vais le rencontrer tout de suite."

"Hoi ho, les éléphants et les chevaux sont partis vers l'abîme, mais l'âne dit : "J'ose !"."

"Vous voulez voir ça ? Il s'agit d'une décision de justice. Mon avocat en a également une copie. Allez-vous violer ?"

Le visage royal s'est figé.

Enfin, Jara est autorisé à entrer. Elle doit franchir une hauteur labyrinthique d'étages et est ensuite invitée à attendre dans une enclave. "Jusqu'à présent et pas plus loin. Sahib vous appellera."

Elle a succombé à son empressement et à son anxiété. Elle voit des centaines de personnes accroupies sur le sol. Leurs visages, fixés sur un lendemain lointain. Il a l'air émoussé, ses yeux témoignent d'un million d'années d'insomnie.

Jara s'appuie sur l'angle d'un mur extérieur. Il se sent somnolent et ne peut s'empêcher de s'endormir.

Elle a des hallucinations.

Elle est en voyage de vacances. J'ai été ravi de voir les vergers de pommiers s'éloigner puis se fondre dans le paysage. Mais, oh ! "Je suis surpris, les pommiers sont tous morts, avec des feuilles toutes flétries ! Le sang coule des pommes mûres tombées et mutilées !

Et des kilomètres plus loin, ils se tiennent tous nus et attendent quelque chose ! ....Dans sa sieste non désirée, elle se souvient des mots de Hamid, des cordes brisées de son poème :

        Ouvrez les yeux et voyez les coups de feu qui sifflent

        Fermez les yeux et voyez les coups de feu qui retentissent.

        Qui sait si vous êtes un être humain ou non ?

        Portez vos cadavres sur vos épaules, ho !

        Whither shall you go, il y a aussi Cordon et Awe

        Voyez, les corbeaux ont été réduits au silence pour croasser !"

Les souvenirs tombent comme les feuilles du Chinar. Ils tombent sans cesse.

Personne ne sait que Jara vit avec une feuille de Chinar sèche gardée secrètement à son oreille. Elle le conserve avec soin et une affection qu'elle ne peut expliquer. Mais pourquoi en ce moment ?

Soudain, un jour s'avance rapidement - un jour de neige, d'arc-en-ciel et de germe. De ? Un rayon de soleil jaillissant d'un nuage enneigé. Le soleil nourrit la pousse.

L'après-midi. Un froid de rentrée et un soleil mourant qui disparaît à l'horizon. Le retour à la maison est un voyage d'agrément. Vous bavardez, gloussez inutilement, vous vous complaisez dans les rêves de votre béguin. Vous planifiez votre avenir, mais vous avez peur du "peut-être", des bunkers, des caprices des officiers royaux. Tu es une petite fille, sans défense, et un grand royaume - qui n'appartient à personne - s'élargit de plus en plus pour t'encercler ! Cet après-midi-là, Hamid était avec elle, tandis que les autres s'étaient rapidement dispersés. Soudain, on aperçoit une feuille de chinar isolée, luttant impuissante contre le vent violent pour atteindre le sol. Enfin, ils l'ont vu tomber sur leurs deux paumes, en coupe. Ils ont souri. Ils se sont regardés. Timidement, puis riant aux éclats, se jetant des flocons de neige et, pour la première fois, Hamid touche les mains laiteuses et sans défaut de Jara avec des doigts fins...... Ni Hamid, ni Jara ne se lâchent. Ils ont semblé aspirer la chaleur de l'autre pendant un long moment. Cet après-midi-là, Jara a eu les premiers frissons. Comme la société dans laquelle ils vivaient était conservatrice et que le libre mélange était loin d'être une réalité, ils ont gardé la chaleur vivante pendant un long moment ; ils ne voulaient pas perdre l'or. Les mains viriles de Hamid sont restées sur le visage de Jara ....Jara a senti le "Il", son nez aquilin, son visage cramoisi et blanchâtre, ses plaisanteries acerbes tout en tendant ses mains au maximum....

Jara a pleuré à ce moment-là.

Hamid n'a pas pu supporter les larmes.

Ses gouttes de larmes touchent le menton de Hamid. Ils sont restés suspendus comme du cristal à sa barbe brise.....a bruit sourd a brisé sa sieste.

L'appel à l'inquisition a fait signe à Jara à ce moment-là.

"Jara Ahmed - ?

Elle saute sur ses pieds et entre dans la pièce comme une tempête.

"Il faut s'armer de patience. Respirez confortablement et dites-moi ce que je peux faire pour vous". Le magistrat avait l'air gentil et confiant.

"Sahib, je suis une malheureuse femme.......

"OK, ok ! Recueillez-vous. Ne pleure pas."

"Monsieur, mon mari Manzoor Ahmed a disparu depuis 1990.

"Continue"

"Monsieur, cela fait sept ans qu'il est parti et ils n'ont toujours pas renvoyé mon mari chez lui. Mais ils ont promis, tout en l'emmenant, qu'il reviendrait dans une heure.....Depuis lors, j'ai fréquenté tous les postes de police des environs, je me suis renseigné auprès de tous les bureaux de poste, j'ai visité un certain nombre de camps de l'armée royale.....Je m'étais précipité vers chaque directeur général, chaque inspecteur général et, les mains jointes, je leur avais demandé :

"Monsieur, s'il vous plaît, donnez-moi au moins un indice à suivre pour que je puisse être sûr de sa mort ou.....Ils étaient réticents à déposer mon rapport d'information, ce n'est qu'après la décision du tribunal qu'ils l'ont fait, mais ils ont créé un scandale, mis en scène un drame, en disant : "Rien ne sortira de ce rapport d'information, rien n'en ressortira" !

Le magistrat écoutait attentivement. Apparemment, il avait l'air déconcerté.

"Monsieur, vous êtes notre père ou notre mère ! Vous avez le lait de la bonté humaine. J'ai deux enfants en bas âge. Comment les nourrir ? Mon mari était le seul soutien de famille......."

Le magistrat avait écouté patiemment. Mais voilà qu'il l'arrête.

"Voici le nom, l'adresse et le numéro de téléphone portable d'un de mes amis avocats. Rendez-lui visite à la Haute Cour. Ne vous inquiétez pas, l'argent ne sera pas une contrainte. Il peut faire quelque chose pour vous. Pendant ce temps, je vais lui parler".

"Monsieur, ne pouvez-vous pas discuter de mon cas avec l'honorable ministre en chef ?"

"Des milliers de cas sont en suspens. C'est vrai, je ne peux pas rendre justice à tous. L'affaire est du ressort de l'armée. Procédez légalement, si vous voulez obtenir justice".

Jara, vaincu, est rentré chez lui. Elle a décidé de déplacer le tribunal.

Elle a vendu le bracelet en or qu'elle portait. Elle a sorti le peu d'argent qu'elle avait mis de côté dans son porte-monnaie. Elle a encore besoin de plus. Mais son beau-père, Imtiaz Ahmed, n'a rien montré.

"Ce genre d'action de la part d'une femme au foyer ? Je ne le permettrai pas. C'est contraire à l'Islam. Il s'est écrié : "Notre famille est respectable. Qu'attendez-vous de nous ?"

"J'ai besoin d'argent pour défendre mon cas, abba."

"Vous ne réussirez jamais. Ye armybale karne nehi denge. (Ces gens de l'armée ne vous permettront pas de bouger d'un pouce."

"Laissez-moi essayer abba - ?

"Je ne te permettrai pas de te mêler à ces mâles en piqué, tu vois !"

Imtiaz Ahmed, le visage rougi, se dirige vers le potager. Mais il est stupéfait de voir son petit-fils lancer des pierres sur l'effigie des soldats armés du roi. "Hé, tu veux mourir ? Vous voulez être perdu comme votre père ? Le garçon continuait à jeter des pierres. Exaspéré, Nazir Ahmed quitta les lieux en lançant sa colère au garçon : "Hé, je ne laisserai pas un seul centime pour toi. Ce lopin de terre, cette pauvre maison, ce verger - vous n'aurez pas un seul kannal !".

Jara était à l'arrêt de bus. Elle devait prendre un bus pour la capitale afin d'accélérer sa procédure judiciaire. Elle s'est retournée vers sa petite chatte. Les paroles de son beau-père lui pincent encore les oreilles.

"Tout cela est le résultat de votre péché ! C'est votre gunah (péché) qui a arraché mon fils prématurément. Vous voulez obtenir de l'argent du sarkar (le gouvernement) en vendant la vie de mon fils ?

Jara tente désespérément d'oublier. Mais c'est à ce moment-là que le jour de sa première tentative pour déposer le RIF lui est revenu en mémoire.

"Si chukha gamuk" ? (Appartenez-vous au village ?)

Jara pouvait sentir l'humiliation dans le ton du chef de gare. Mais rien ne peut la décourager. Elle était déterminée à loger.

Le SHO affiche un visage cruel : bhakti mati karti zai ? (hey, tu es en train de tuer le temps inutilement. Cela ne donnera rien).

Jara redouble de détermination. Elle aperçoit alors une jeep qui s'arrête en hurlant. À peine s'était-elle préparée à bouger qu'elle entendit un murmure à ses oreilles.

"Ne bougez pas d'un pouce sur le terrain. Ne demandez pas la clémence du tribunal du diable. Revenir en arrière. Désobéissez, et nous éliminerons votre famille. Je jetterai le cadavre de votre fils et de votre fille dans la Vyas (rivière Jhelum). Ne poursuivez pas cet acte anti-islamique !"

Jara a été stupéfait de voir quatre ou cinq femmes vêtues de hizab disparaître en un clin d'œil.

Elle fonce vers le zeep à l'arrêt, mais à peine est-elle prête à monter à bord que deux voitures se précipitent sur elle et l'encerclent de toutes parts. Deux hommes à l'allure de géants descendent des voitures. Ils ont fait signe au zeep de s'éloigner.

Deux hommes en uniforme, l'un M. Malguzara, colonel portant plusieurs insignes sur la poitrine, et l'autre le directeur général de la police, adressent à Jara un véritable sourire.

"Bonjour" ?

Le colonel s'enflamme avec son sourire fumé et malicieux.

"Hé, Khatun, retourne à ta maison. Nous sommes ici, vos invités".

"Puis-je savoir qui vous allez chasser aujourd'hui ? J'ai dans ma famille mon beau-père octogénaire, sa femme, une dame septuagénaire, ma fille de douze ans et mon fils de huit ans. Qui préférez-vous, Monsieur?"

"Attendez, attendez, dit le colonel.

Le directeur général, calme et silencieux, sourit à Jara : "Voyez ce que notre fille a pour nous !

Il ajoute doucement : "L'armée royale doit respecter dix commandements, dont l'un consiste à se comporter avec respect avec les habitants, à ne pas heurter leurs sentiments, leurs croyances religieuses et à ne pas profaner leurs dieux. Ne vous méprenez pas, nous sommes tous des êtres humains, pas des animaux. Ayez confiance en nous".

Jara était furieuse.

"Vous vous souvenez, monsieur, que vous êtes entré de force dans notre maison il y a sept ans ?

Avez-vous alors suivi vos commandements ? Chers Messieurs, cette fois-ci, nous n'avons pas de quoi remplir vos mains sales ! Vous devez revenir les mains vides.

"Prends patience, koor (fille). Pensez-y, cette fois le but n'est pas de prendre quelqu'un mais d'en donner un en retour - ! Pouvons-nous nous séparer de cette bonne nouvelle avant l'ordre officiel respecté de DG sahab ?"

La voix du DG atteignait la douceur du sol alluvial : "Monsieur le colonel, c'est une bonne fille. Je l'appelle "ma fille".

"Aha ! C'est noble. Jara, je sais que vous êtes à la Haute Cour. Veuillez appeler votre avocat pour demander une autre date. Ne vous inquiétez pas pour l'argent..."

"C'est tout à fait impossible, Monsieur. Nous avons demandé l'Habeas Corpus. Le juge rendra son verdict aujourd'hui".

Le colonel se moque de son excitation.

"Ma fille, en aura-t-on besoin - " ? Il a gardé son sourire bienveillant.

Le DG a étouffé les rires et a dit : "Quelle est votre réponse si nous renvoyons Manzoor Ahmed demain ? Quelle est votre réponse si nous renvoyons Manzoor Ahmed demain ?"

Jara est restée perplexe. Croire ou ne pas croire ? Mais elle a vu un arc-en-ciel - demain, il pourrait pleuvoir. Demain sera peut-être ce jour propice. Elle se murmure à elle-même : Les gens vivent dans l'espoir!

Hamid a été vu en train de caresser un cheval derrière une charrette tirée par des chevaux. Il possédait une écurie au bord de la route.

Il n'a pas remarqué Jara.

Maintenant, il le peut.

Dès qu'il a vu Jara, ses yeux se sont transformés en une prairie verte.

Jara a également été surpris par cette rencontre inattendue. Elle est également surprise de voir Hamid. Elle avait l'air perplexe, comme si elle s'était empêtrée comme une mouche dans les yeux de Hamid. Mais elle reprend courage : Hamid ? Vous êtes là ?

Hamid : Jara - toi ? en ce moment ? ici ?

Jara a essayé de lire Hamid. Il se tenait debout, comme il l'avait toujours fait.

Hamid, l'éternel anticonformiste. Hamid l'éternel révolutionnaire. Il était une fois un poème contre l'oppression. L'a fait circuler. Il l'a fait entendre aux auditeurs avec sa voix de baryton. Toute la localité a été émue. Mais alors qu'il récitait lors d'un rassemblement, il a été soudainement accroché par les forces de sécurité. Il a été pris au dépourvu. Qu'est-ce qu'il a transmis dans sa pièce ?

Jara s'en souvient très bien :

"Le mois de Falguna me rappelle Aga shahid Ali, le poète mort prématurément. Ce mois coïncide avec le mois de naissance de Faiz Ahmed. "Oh, mes poètes bien-aimés, donnez à ces masses votre voix, votre courage et votre pouvoir de résistance. Debout comme le mont Pir Panjal. Que ces vallées, le Gally, la rivière soient inondés de ton chant, que les sources retrouvent leur eau".

Jara s'en souvient parfaitement :

.........i cho rosulmir Shahabad dur re

   tami chho trov mat lo la

   du-kan

   ibhu ash-kau che bhu tor re tor re

   mai chho mu-re la-la-bhul nar---"

"C'est moi, Rosulmir. Il réside à Shahabad Doru.

Il a ouvert un magasin pour les amoureux. Venez, vous les amoureux. Prenez une gorgée d'amour dans cette coupe de nectar. Venez, voyez - mon cœur est enflammé par l'allumage de Love.......

Un soldat royal armé d'un fusil s'est précipité.

"Toi, le fils de bâtard, la salope - tu dis que tu es enflammé d'amour ? Voyons comment une boule de feu s'insère dans ton anus !"

Des militaires postés dans les camps voisins ont emmené Hamid. Jara se souvient, Jara et d'autres filles ont été les témoins oculaires d'un passage à tabac de Hamid - si sévère que tout le monde pouvait penser qu'un sac de sable était battu à coups de lathi. Jara se souvient de la façon dont les militaires ont fait craquer les bones.... de Hamid. Mais Hamid était aussi courageux que de ne pas perdre la corde de sa chanson......Il marmonnait encore ....mu-re-la-la-bhul nar.....

Alors ? Après une si longue période ?

Jara se pose la question et répond : Alors tout était au ralenti.

"I cha jara ? (Est-ce que c'est ce jara ?)

"bi chus jara", (Oui, c'est le même jara. Vous m'avez oublié ?)

"Puis-je t'oublier un jour ? Laissez-le. Quoi de neuf ? Où vous précipitez-vous ?"

Jara a pointé du doigt le bureau de la DG à deux pas de là. Ce bâtiment palatial où je suis invité.

Hamid avait l'air suspicieux.

"Vous - ? Au bureau du procureur ? Qu'est-ce qui se passe ?

"Aujourd'hui, le respecté D.G. me fournira de précieuses informations sur Manzoor."

"Devenu fou, Jara ? Croyez-vous à une telle histoire ?"

"Il le faut, Hamid. J'ai flotté sur les vagues de l'incrédulité.

Mais il faut bien attraper une paille pour vivre une vie. Quelle saga de recherches j'ai dû mener pour retrouver les restes de Manzoor !

"Je connais les tenants et les aboutissants de votre méga recherche".

"Comment se fait-il que - ?

"Écoutez - vous avez déposé une requête auprès de la Haute Cour. Le président de la Cour suprême a donné l'ordre à ses services de procéder à une recherche personnelle. Il a contre-interrogé les témoins et a déjà remis son rapport. Suivi ? La Haute Cour a demandé à la police de rechercher rapidement Manzoor Ahmed et de rédiger un rapport de toute urgence.

Jara soupire. Elle était visiblement fatiguée.

Hamid a poursuivi en disant : "Prenez-moi - le colonel qui a attaqué votre maison et s'est enfui avec son butin - Manzoor Ahmed, a été prié de présenter le captif en personne au tribunal. Le tribunal a accordé un délai de dix jours pour la présentation, mais le colonel a fait fi de l'ordonnance et ne s'est pas présenté.

N'ai-je pas raison, Jara ?"

Jara se tient debout, dépité. Elle a drainé la fatigue avec sa désillusion : l'avocat déclare - il y a un appel de l'armée pour annuler la comparution personnelle du colonel Malguzara parce que son avocat a fait valoir qu'il est engagé dans une opération dans une localité très sensible. L'armée a également demandé qu'une équipe d'enquêteurs spéciaux soit envoyée au bureau du colonel pour un entretien personnel à domicile".

Hamid a été écourté.

"Hamid, le tribunal a rejeté l'appel -"

"Et alors ? Le colonel Malguzara a demandé un congé de longue durée, qui a de nouveau été refusé.

"J'ai des espoirs - Hamid. Dieu a sa propre justice".

"Vos espoirs seront étouffés dans l'œuf."

"Pourquoi ?

"Le colonel a de nouveau demandé l'autorisation, mais, pour la première fois, le tribunal a rejeté sa demande d'autorisation, déclarant qu'il devait obtenir l'autorisation du Royaume central.

C'est peut-être une lueur d'espoir. Mais alors ?"

"Alors ?"

"L'affaire est en cours depuis longtemps. Personne ne sait ce qui est arrivé au colonel. Tout le monde est à hush-hush......

"Mais pourquoi le D.G. a-t-il promis qu'il rendrait Manzoor ?

"Je ne dois pas vous décourager. Ce "nobody's land" a fait l'objet de nombreux chuchotements. Des squelettes de promesses mortes jonchent le sol".

"Jara n'a pas pu s'empêcher de pleurer. "J'espère que mes enfants seront sauvés, qu'ils seront aimés et qu'ils iront à l'école. J'espère qu'ils grandiront".

Hamid s'est joint à son cri. "Jara, me chhi chane bharia mai" (Jara, je t'aime toujours)

Les mots jaillissent du diafrum de Jara : "me chi to hi sit pyar" (je t'aime toujours........" Mais soudain, elle s'est arrêtée en marmonnant : "Pourquoi, mon Dieu, ai-je dit cela ? C'est le gunah (péché). Dieu, pardonne-moi".

Après plusieurs contrôles de sécurité, Jara a été autorisée à entrer dans le bureau du DG. Elle a vu le DG debout contre la grande fenêtre en verre pare-balles qui exposait un vaste panorama de verdure s'étendant jusqu'à l'horizon lointain et ombrageant un certain nombre de pics.

Le D.G. lui tourne le dos.

Jara est entrée, a signalé sa présence mais il est resté impassible. A-t-il essayé de l'ignorer ?

Jara a lancé une volée de mots directs et secs : "Tu as promis de me rendre mon mari ? Vous m'avez convoqué dans votre bureau .... ?"

Le DG s'est brusquement déplacé pour la regarder.

Jara vit un homme différent, comme brisé jusqu'aux membres. Il tenta de prononcer quelques mots indistincts, mais ceux-ci s'éteignirent dans sa bouche.

Jara essaya de le lire - il était là, jetant un long regard à sa propre fille pour la reconnaître après des siècles d'oubli.

Jara a répété : "S'il vous plaît, rendez-moi Manzoor Ahmed. Tu te souviens de ce que tu as promis ?"

L'homme à la puissance incroyable s'est effondré en poussant un cri frénétique :

Dois-je arracher Manzoor Ahmed des cieux comme une pomme ?".

"Pourquoi vous esquivez, monsieur ?"

"C'est un royaume de mensonges, ma fille."

Pourquoi expérimentez-vous vos "mensonges" sur moi ? Dites-moi si Manzoor est mort ou vivant - ? "s'écrie Jara. Réponds-moi, tu l'as tué?"

"Je ne peux pas dire la vérité. J'ai les mains et les pieds liés".

"Vous avez arrêté et emmené un citoyen pour un simple interrogatoire ce jour fatidique, vous vous souvenez, Monsieur ?

"Chère fille, personne n'a arrêté Manzoor. Il n'y a aucune trace de sa détention".

Jara était hors d'elle dans sa colère : Je réitère. Vous", le très Toi, le protecteur de la vie et de la propriété des citoyens, tu as emmené Manzoor de force, sous le ciel de Dieu, sous le soleil éternel !

Ensuite, donnez-moi un certificat de décès, afin que je puisse obtenir une compensation de la part de l'administration du roi. Je nourrirai alors les bouches affamées de ma famille. Comprendre, Monsieur --?"

"Il n'y a aucune preuve qu'il soit mort.

"Il est donc vivant, mais dans quelle prison est-il incarcéré ?
"Il n'y a aucune preuve qu'il soit en vie.
"Suis-je une veuve ou une feme covert - dites-moi !"
"Je ne peux pas. Je suis impuissant.
"Assis sur cette chaise - pour aider les citoyens, vous vous dites impuissant" ?
"Je suis une non-entité, un bâtard faible, un archin de rue aboyant - !
Il a poussé un grand cri hystérique.
On l'a vu marmonner tout seul : Il y a plus de choses dans le ciel et sur la terre que notre philosophie ne peut rêver........
Jara quitte le bureau et rencontre Hamid qui attend. Ils marchaient d'un pas ferme, comme s'ils allaient vers nulle part.
Hamid a sauvé Jara d'une chute. Elle n'a pas objecté. Elle s'est appuyée sur ses bras.
Les passants étaient visiblement surpris par cette exposition publique. Avant que les choses n'empirent, Hamid a déclaré haut et fort : "Elle est malade".
En marchant un peu, Hamid a demandé à Jara : "Ton mari a disparu depuis sept ans, je suppose ?".
Jara n'a pas répondu.
"Si nous respectons les normes malikites - une femme peut se remarier si son mari reste introuvable pendant sept ans - je suis sûre que ? On peut prier devant le Kaaji (l'interprète et le juge des lois islamiques) et je suis doublement sûr qu'il n'a rien à objecter ? Dans ce cas, son premier mariage sera déclaré nul et non avenu et le second pourra être légitime" ?
Jara n'a toujours pas hoché la tête. On l'a vue se vautrer dans une mare de larmes.
Elle a ouvert la bouche après quelques secondes. "Qui voudrait m'épouser - une femme dont le corps et l'esprit sont brisés ? Tout le monde voulait se régaler de mon corps, mais personne n'était prêt à m'offrir une once d'honneur. Je suis les restes d'une femme qui sont

comme les restes dans les assiettes après le festin. Mon beau-père me traite de "pute".

"Tu es toujours aussi pure. Votre esprit est vaste.

Les restes sont débarrassés après le festin. Comme les conteneurs sont rangés de manière brillante, vous devez briller comme eux."

"Ce ne peut être Hamid. J'en avais assez. Si je portais un kameez coloré de ma garde-robe, mes voisins ne manquaient pas de me regarder d'un air interrogateur : "Vous voyez ?

"Elle cherche à attirer quelqu'un dans son piège.

Hamid a répondu sérieusement. Si ce "quelqu'un" est "moi" ?

"Hamid !

"Cette histoire ne s'arrête pas là. Il a une longue durée de vie. Il est certain que je ne vivrai pas longtemps. Ils m'ont presque battu à mort. Mais avant ma mort définitive, je vous prie de me faire un petit cadeau. Tant que je vivrai, tu seras ma femme légitime. Les jours qui suivent ma mort, tu es veuve - une "bewa", mais pas à moitié, tu es une bewa complète - une veuve complète. Aucun ne vous taquinera alors.

"Hamid" !

Cette terre qui ne sera jamais appelée est une terre de bewas, de veuves, mais des milliers d'entre elles sont destinées à rester à moitié, languissantes, sous un soleil cru".

Paan Pata Mukh

Le bétel - visage de la feuille
(Paan = Betal, Paata=feuille, Mukh=visage)

Informations préliminaires :
Feuille de paan : Nom botanique : Piper betel Linn.

Depuis l'Antiquité jusqu'à l'ère numérique, le "Paan pata" ou feuille de paan a été utilisé par un grand nombre de personnes sur tous les continents. En Inde, il a été consommé par les rois, les reines, les nobles aristocrates, les nawabs, les badshahs et les sultans, ainsi que par les gens du peuple. Il sert à trois fins : il est utilisé comme amuse-gueule, purificateur et/ou rafraîchisseur de bouche. En outre, la feuille de paan juteuse, agrémentée d'épices appropriées, est réputée pour rougir les lèvres des femmes et est donc considérée comme un objet d'embellissement. Honorer les invités avec du paan, du bétel, un tabac parfumé appelé "JARDA", de la coriandre et des graines d'anis est également une coutume qui s'applique aux riches comme aux pauvres. La carte de la consommation s'étend aux pays d'Asie, d'Asie du Sud-Est et même à une partie des pays occidentaux.

Les Aryens appelaient la feuille de paan "Tambula". Dans les foyers bengalis, le "Paan Paata Mukh" ou visage de feuille de paan est le symbole d'une beauté idéale - le visage est compact, mince, vif comme les jeunes feuilles en herbe et tout le monde en fait l'éloge.

L'histoire tourne autour de SARI, la mère, et de sa fille PUNI [nom complet "Purnima" (la lune des fous)], dont la jeunesse naissante est liée à la naissance, au développement et à la décomposition des feuilles de Paan. Elle est née et a grandi dans une ambiance de production de feuilles de PAAN, avec son cycle de vie.

L'histoire :

Le vieux marchand de feuilles de paan Pundit, sorti pour vérifier la croissance des feuilles, a vu Puni d'un coup d'œil et a réagi instantanément :

Paan Pani Pitha

Jarhe laage mitha

Nari Kagaj, Na

Tiner boiri ba

(Paan, eau et crêpes

Le goût est plus doux en hiver

Les femmes, le papier et les bateaux à voile

Le vent accélère la croissance, mais il ne tarde pas à s'abattre......)

"Mariez-la - dans cette bouche même d'Agrahayana.

(novembre). Le vent mauvais la fera pourrir. Les filles grandissent plus vite

que les feuilles de la vigne".

Les mots qu'il a lancés à la mère, sari.

Puni retient son souffle et écoute.

Sari, la mère de Puni, était ravie.

Elle a avoué.

"Dada (s'adressant aux aînés respectés), ma fille est une tendre tige de banane. Elle n'est ni aveugle ni boiteuse. Elle n'a pas un visage mince et aride. Elle ne ressemble pas non plus à un bétel cassé. Elle est mince et belle.....mais la beauté seule ne fait pas vendre sur le marché, dada. Les acheteurs ont besoin d'argent liquide".

Pundit fait un signe de tête affirmatif. Il ne tarit pas d'éloges. Mais ne parle pas d'argent ou de dot.

"Le soleil peut avoir de la saleté dans son corps, mais pas votre fille.

Sari était agréablement triste.

"Dada, ma fille n'est pas si mince, si maladroitement courbée ou si grossièrement haute comme un bambou. Mes voisins disent : "Tout le monde la ramènera à la maison. Mais hélas, personne ne tend la main".

Puni cueillait des feuilles. En entendant les remarques de l'expert, elle a baissé la tête et s'est occupée à ramasser des feuilles. On entendait la triste musique des feuilles arrachées de force aux tiges. La faible résonance de ce petit bruit de clapotis l'attrista davantage. Mais l'anxiété de sa mère et les remarques franches de l'expert ont failli l'éloigner d'elle-même.

Elle s'est alors engagée dans un dialogue avec elle-même. "Au fil des jours, ma mère se montre visiblement gourmande. Quel que soit son interlocuteur, elle le supplie : "Dada, trouve-moi un bon parti pour cette pauvre fille. Le sommeil m'a trahi pendant les nuits, les jours sont plus lourds d'une peur inconnue. Vous savez que son père ne lui a rien laissé d'autre que cette vigne. J'ai peur que si je meurs avant d'avoir pu réunir mes deux mains, qui s'occupera de cet orphelin ?"

Mais les mains ne pouvaient pas être liées par le mariage. Un certain nombre de parents sont venus à la recherche d'une épouse, ont posé des questions sur la dot et sont repartis après avoir savouré la nourriture servie, sans jamais revenir. Puni s'est présentée plusieurs fois à l'entretien et a vu les enquêteurs évaluer son enfance à l'aune d'un sac d'argent liquide ou d'une terre.

Puni a pris une voix plus forte qu'auparavant et a réchauffé sa mère : "Maman, tu es en retard pour le haat (le marché hebdomadaire)".

La mère de Puni accélère le pas. Le bruit des feuilles arrachées à leur tige crée maintenant une musique grave. Les feuilles ont poussé des cris, comme si elles avaient été cruellement séparées de la racine. La mère de Puni, Sari, a été vue en train d'utiliser habilement son pouce et son petit doigt pour presser les feuilles jusqu'à ce qu'elle les saisisse. Sa paume gauche tenait les feuilles vertes brutes comme des cartes à jouer mélangées.

Pundit continue d'inspecter les feuilles de la vigne.

En voyant un épais assemblage de feuilles de qualité, il est fou de joie.

Ses yeux brillent d'avidité. Les mains s'agitent.

Il demande à la mère de Puni : "Quel engrais as-tu utilisé, boudi ?

"Pas de produits chimiques, papa. Seulement la calebasse de l'infusion de moutarde".

"Bah ! Le 'ponkhura' semble abondamment riche ! (Ponkhura = feuilles de qualité qui ne pourrissent pas rapidement)

Sari est touchée par la fierté : "Pas de pourriture, je le dis, c'est garanti."

"Mais il est certain que les feuilles ont des taches noires après un long séjour dans la chaleur et le froid.

"Peut-être. Je n'ai pas peur".

"Quel est le prix que vous demandez ? - Puni ouvre précipitamment la bouche pour dire quelque chose, mais Sari lui fait signe d'arrêter.

Puni s'engage à nouveau sur la plumaison. Elle voit un champ s'étendant sur des kilomètres se refléter sur un miroir, la cime d'un immense arbre abritant des milliers d'oiseaux qui vont et viennent, et le ciel se reflète sur le miroir - un ciel vide, effrayant - sans étoiles ni planètes - ni même le soleil et la lune - elle retourne au sol, exaspérée, tandis que les millions de feuilles de la vigne sont en train de mourir...Puni rencontre une longue ligne de fourmilières avec des termites qui sortent et pénètrent au cœur des tiges de paan... elles encerclent les tiges et essaient de manger leur âme... Puni est en plein délire... elle s'enfonce et un énorme monticule de termites s'insinue dans son âme, comme si...

"Boudi ? s'écrie Pundit et le miroir de l'autre monde de Puni est brisé. Sari s'approche.

"S'en séparer, avant qu'il ne se décompose."

Sari ne comprend pas. Pundit lance l'offre de prix.

"Accepter le marché".

"Toujours ambiguë. D'accord, je le ferai. Mais n'arrachez pas les feuilles comme le font les chandals (cruels et impitoyables) avec vos mains.

"Suis-je un cordonnier qui fait le commerce de la chair ? Je suis propriétaire d'une plantation. Je connais le rythme cardiaque d'une feuille".

Pendant ce temps, Pundit a observé les feuilles, qui sont d'une couleur jaunâtre merveilleusement brillante. Ils seront vendus sur le marché à un prix élevé. Il a l'esprit suffisamment clair pour prévoir le prix des feuilles à Ranchi, Bermu, Hazaribag, Bénarès... les centres d'approvisionnement.

Sari est encore indécis. Elle rumine son passé. Vivant, son mari produisait, soignait, protégeait et développait la vigne comme sa propre fille. Elle a également protégé et développé la vigne. Elle a dû faire face à d'immenses difficultés. C'est l'ancre de son drap. Mais le négociant a joué un autre jeu. Il avait observé attentivement la fille de Sari. Cool, sobre, diligent, respectueux des aînés, jeune et charmant.

Pourrait-elle correspondre à son fils Ghanashyam ? Il était en train de ruminer. Un sourire malicieux se dessine sur sa moustache grise. Il a presque gloussé pour réfuter tous les coups de Sari.

"Boudi, tu crois que je suis venu ici uniquement pour acheter du paan ? Je suis venu pour pouvoir partir heureux avec un butin".

"Je ne peux pas suivre. S'il vous plaît, faites-moi au moins deviner".

Au début, sucrez ma bouche avec du guapaan (Paan avec du bétel sucré) [symbole d'une relation durable, en particulier une demande en mariage].

Pundit attend, sa moustache grise arbore clandestinement un sourire malin. "J'ai lancé l'appât, elle va sûrement grignoter", se dit-il.

Le visage de Sari s'est alors adouci, des marques de bonheur sont apparues.

Elle a éprouvé un plaisir indéfini et s'est tout de suite retrouvée coincée. "Si c'est le cas, alors je ferai descendre le ciel sur ma pauvre maison."

Pundit a desserré son cordon pour inciter Sari à l'avaler complètement.

"Mais ce que je dois voir et demander à ma future belle-fille, je l'ai déjà vu. Mon fils doit venir et voir de ses propres yeux. La décision finale lui appartient".

"Quel jour heureux vous m'avez offert aujourd'hui !"

"Attendez. Laissez venir mon fils."

Pundit commence à calculer les profits et les pertes attendus de cette transaction. Il est un vétéran du commerce de feuilles de paan et possède un certain nombre de vignes sous contrat de location. C'est lui qui a le dernier mot dans le règlement du prix. "Vous êtes peut-être le producteur, mais je suis le seul protecteur de vos produits. L'argent, c'est de l'or". Pundit fixe le prix. Établit le contrat. Au cours des six prochains mois, lui et son fils Ghanashyam cultiveront, développeront et vendront les produits. Il profite d'un taux très bas.

Sari, timidement, pose une condition : il faut laisser au moins vingt feuilles avec la tige pour que les plantes puissent grandir et produire davantage. Tous les engrais sont à la charge du bailleur. La mise en place de matti (paniers de boue apportés de l'extérieur) est indispensable pour couvrir les lianes du froid. Voir, qu'ils peuvent lutter contre les caprices du temps. L'arrosage régulier pour augmenter le nombre de bourgeons et couvrir la vigne autour est également sous contrat de location". Pundit okays.

À la date fixée, Pundit revient avec son fils Ghanashyam et quelques membres de sa famille.

Ghanashyam, en tant que commerçant, a déjà prouvé qu'il était fidèle à ses engagements. Ses yeux sont des lames, plus vifs que ceux de son père. Une inspection minutieuse de la vigne l'a rendu confiant qu'il l'exploiterait pendant une période plus longue. Ensuite, les yeux du géomètre compétent ont déjà cartographié les kottas du terrain sur lequel se trouve la maison, le terrain adjacent à la maison et l'étang qui y est relié. Il a inspecté une partie séparée, riche en bambous "baisani" (de qualité). Bien pour établir une autre vigne, si nécessaire, et-Oho ! Je n'ai pas vu le baggan "Kharhi" (les Kharhis sont des bâtons utilisés pour aider à tenir le bambou, les rangées abritant les feuilles de paan pour une croissance rapide). Selon une estimation approximative, cinq kottas de terre ! "Pas mal en effet !"

Tout rapportera un dividende. Et cette vérité pure : si la vieille "maman" hagarde pouvait se débrouiller pour lui céder la propriété... ah !

Depuis son "arrivée" ici, Ghanashyam n'a jamais jeté un coup d'œil à sa future épouse. Peut-être, se dit-il, une de ces filles que je vois et... Il sourit. Toutes les filles sont des Nurjehan dans les nuits sombres ! Et alors ?

Sari et les membres de sa famille, les dames âgées et les jeunes filles rieuses, l'encerclent et la pressent de s'habiller pour la "Ahsirwad" (bénédiction nuptiale), mais elle ne répond pas. Elle s'est souvent habillée et a été rejetée. Elle a compris la futilité de tous ces rituels. Fini les histoires.

Mais elle doit suivre les ordres des anciens. Une de ses tantes entre dans la pièce, inquiète.

"Ecoute, ma chérie, tu as eu 21 ans ce printemps. Sajani, des Ghoses, Moli des Saus, Sukhi des Pradhans, tous vos amis et contemporains sont partis chez leurs beaux-parents. Voulez-vous devenir "burhi" (une langue locale de taunt, qui signifie "vieux" sur le marché du mariage) ? Vous êtes belle, mais essayez de vous habiller comme une jolie mariée. Mes filles l'aideront ! Ne prenez pas un air morose. Souriez". La tante partie, elle ferme la porte et regarde curieusement son propre visage dans le miroir. Marmonnements - "Est-ce que c'est vraiment en train de se fissurer, de perdre du placage, comme la couleur de ce miroir ?

Le mariage étant terminé, Puni s'en va, laissant Sari seule. Elle n'a personne avec qui parler, personne avec qui se disputer, personne à qui donner des conseils ou à qui faire des reproches. Une femme seule qui garde une maison vide, qui a été une maison autrefois, mais qui est maintenant une grotte pour les fantômes. Le chagrin apaisé, l'esprit consolé, elle souhaite jeter un coup d'œil à sa reine, son mari a appelé en souriant la vigne un jour. Mais elle s'est dit : à quoi bon regarder ? Vendu, il ne reviendra jamais. Mais pourquoi devrais-je le considérer comme "vendu" ? Il n'est loué qu'à une seule personne ! La curiosité l'attire vers la vigne. Un beau matin, elle entre dans son "baroj" ou la vigne.

Mais elle est choquée de voir que l'enterrement de la vigne est déjà fait ! La vigne paraît longtemps délaissée, les rangées de feuilles sans vie et brûlées par le soleil, les tiges tombant çà et là comme des bouts de lianes sauvages sans vie. Des racines qui meurent, des bâtons de Khari mangés par les vers... Quel enfer en ont fait les hommes de Pundit ?

En y regardant de plus près, on s'aperçoit que les pilleurs ont arraché sans pitié quatre fois plus que ce que le contrat leur permettait de faire ! Ils ont pratiquement saccagé mon temple, le cher palais de la reine de mon mari et la maison de jeux de ma fille !

Elle s'apprête à maudire les pillards, mais se tait soudain, uniquement parce que les pillards sont les hommes de son gendre. "Je ne peux pas me mordre les mains, ha !"

Elle dit à personne : "J'ai le souffle coupé, mais je ne peux pas respirer."

Son attention est soudain attirée par une feuille de paan séchée, brûlée par le soleil et dont le visage présente des taches noires. La feuille la hante, la rend rétive. Le visage de Puni est visible sur la feuille, elle évoque, comme si c'était le cas, l'image de sa fille, Purnima.

"Qui sait si l'on s'occupe de Puni, si on lui donne de la terre et de l'eau pour qu'il s'épanouisse !

Elle se tient debout, abattue. De rien, elle rappelle à la vie son mari décédé. Puni est là, tout près... Elle sent que son père est là, détectant la maladie des feuilles. On le voit demander : my sweeti sweetie daughter. Je sais, Sari entend sa fille sangloter : "Si tu avais vécu, je n'aurais pas souffert, papa. Ils jouent avec la vie de ma mère, papa..."

Ghanashyam est pragmatique. C'est un homme d'argent. Un maître comptable sait équilibrer les recettes et les dépenses et connaît le montant de l'investissement qui peut rapporter un revenu important. Aussi impatient qu'une mouche qui survole la saleté, il peut générer de l'argent en toute chose. Il fréquente le repaire des fournisseurs, s'en prend au financier ou "Mahajan", comme on l'appelle localement, et court comme une fusée pour toute opération de marché libre dans le commerce du paan. Il passe son temps libre avec une foule d'amis dans les grandes échoppes de thé ou les restaurants de bord de route - avec des "jhal chana" (grains frits enrobés de piment), du mouton épicé et de l'alcool de pays. Avec les agents de liaison, les aides, les chauffeurs de bus-autos, de totos, de poids lourds, il entretient une amitié collante. Chaque fois que ce gang trouve une jeune travailleuse ou une assistante dans l'un de ces repaires, Ghanashyam est là pour renifler et retirer le couvercle. Parfois, Ghanashyam est aussi enivré qu'une personne qui vient de voir une nouvelle chair. Et Puni était en pleine forme. Une épice de plus dans le curry.

Purnima rêvait d'une famille soignée, bien élevée et douce, où elle vivrait et servirait la famille avec honneur. Pour elle, Ghanashyam semblait être un jeune homme sain et aimable, bien que colérique et emporté. Mais elle a eu le courage de l'aider à s'amender.

L'histoire d'amour de Ghanashyam a été une tempête qui s'est abattue sur Puni. Mais il a fondu en quelques jours. Toutes les passions sont épuisées.

Ghanashyam était un vent errant tumultueux tandis que Puni était une pluie bienvenue. Elle était belle, ses yeux étaient profonds et pénétrants, ses mains et ses jambes étaient droites, magnifiquement charnues. De plus, elle avait une touffe de cheveux noirs et lisses qui lui tombaient jusqu'aux genoux, et son plus grand atout était d'avoir des cheveux bien ronds et parfaits.

Seins. Mais Ghanashyam était impur, grossier. Il veut manger avec voracité, mais pas avec délectation.

Après la première vague de passions, Ghanashyam, comme d'habitude, reniflait le parfum d'une autre fille. Chandni attire son attention. Elle était sauvage, en manque de sexe, mystérieusement noire, avec des yeux lustrés et ses lèvres étaient toujours remplies d'injures sexy.

Quant à Purnima, Ghanashyam l'a traitée comme s'il était un voleur qui s'emparait de ses biens. Il s'est jeté sur Purnima, l'a forcée à ouvrir les pans de son chemisier (la jeune fille a été effrayée par ce comportement dès le premier jour), s'est enivré, lui a mordu les joues, lui a griffé les seins comme un animal, est devenu fou à lier ses mamelons si violemment que la pauvre fille a dû être traitée médicalement et porter le fardeau de tous les scandales rendus publics par sa belle-mère. Eh ! Nous avons ramené à la maison une "bebushye" (pute). (pute)

Le délire terminé, Ghanashyam reprend sa chasse à l'argent et à la chair. Il a pris à bail un certain nombre de plantations (vigne, baroj) et a donc besoin d'une rentrée d'argent rapide. Il se plaint des dépenses médicales, des simples produits cosmétiques pour une jeune mariée.

Il se plaint également du manque de pragmatisme de son père. "C'est la principale erreur de mon père. Si j'avais été marié à une autre fille issue d'une famille aisée. J'aurais pu empocher une belle somme d'un lakh de roupies en espèces sonnantes et trébuchantes. Mais mon père m'a conduit dans une famille d'idiots ! Cinquante pour cent de mon argent est perdu. Qui s'intéresserait aujourd'hui à une soi-disant belle fille ? Va-t-il fructifier comme mon dépôt bancaire ? Uniquement du glamour ? À quoi servent la beauté et le glamour ?" Pas de bénéfice, mais une perte totale. Je m'étonne que mon père, un vétéran du commerce, ait pu apporter un gal à ma famille avec seulement une maison délabrée, une plantation de paan et quelques kottas de terre ? Et cela peut être réalisé après la mort de ma belle-mère ?"

Son père lui répondit indirectement : "Un aveugle ne peut pas voir où le chemin mène. Un commerce n'est pas une famille. Courir comme n'importe quoi pour de l'argent, ce n'est pas le bonheur. Un foyer est un foyer dans lequel un vagabond ne peut s'abriter. Allez au bazar, mais n'apportez pas le bazar à votre famille".

Ghanashyam déclare ouvertement : c'est un investissement inutile.

Il s'éloigne de Purnima, passe à nouveau ses jours et ses nuits dans des échoppes de thé au bord de la route, dans des restaurants et dans des restaurants nouvellement inaugurés.

Son père proteste : Pourquoi as-tu épousé une fille ? Vous avez des responsabilités à l'égard de votre épouse. N'oubliez pas le vieux dicton : Les hommes construisent des maisons, les femmes des foyers. Si vous ne suivez aucune discipline, que fera votre future génération ? Je sais ce que vous faites en ce moment. Attendez un instant, réfléchissez, reposez votre esprit !"

Réponse sèche de Ghanashyam : "Dois-je rester une poupée sous les manches de ma femme ? Qui s'occupera de mes affaires ?" Le père se fatigue et ferme la bouche.

Et cette fois-ci, il a détesté toute colère sur Purnima.

Sa mère apparaît maintenant sur scène.

"Il faut de l'argent pour remplir l'estomac d'une femme. Purnima doit travailler dur, prendre en charge le travail d'arrangement des feuilles de paan en "gochh" (32 feuilles dans un gochh.) Nous licencierons tous les assistants dans ce commerce de paan. Laissez-la faire."

Puni se réveille aux petites heures du matin ; la cuisine de sa famille se réveille également. Devant le four, transpirant à grosses gouttes, le sommeil collant à ses yeux fatigués, elle prend son bain, engloutit rapidement un plat de riz imbibé d'eau, se hâte vers la montagne de feuilles de paan déversées sur la terrasse (un travail qui nécessite quatre adultes), continue à ranger trente-deux feuilles dans l'ordre (un gochh). Parfois Les jours passent, les nuits se terminent. Purnima est absolument inondée de sueur ou brûlée par le soleil, les yeux lourds de somnolence.

Sa belle-mère lui demande : "Le Ghana est-il rentré hier soir ?"

Purnima ne répond pas.

La belle-famille bavarde : Mon fils est plongé dans le travail jusqu'au cou. C'est un deux-roues. Et vous ? Seul 'paan lachhuni' (arrangeur de paans dans le gochh) tu ? manges gras et grossis".

Purnima se sent déshonorée. Les larmes s'assèchent dans ses yeux. Elle a baissé la tête.

Le soir, Ghanashyam entre en trombe. Purnima a été enterrée dans le sommeil.

Ghanashyam la réveille.

"Hé, va voir ta mère demain matin. Prenez-lui dix mille dollars et revenez immédiatement. L'argent est urgent pour mon entreprise".

"Ma mère est-elle une menthe ?"

"Ne discutez pas. Faites ce que je dis. J'ai un gros contrat avec un distributeur direct. Je n'ai plus d'argent".

"Demande à ton père. Il a un énorme capital... ?"

"J'ai dit ce que j'ai dit".

"Où ma mère va-t-elle gérer l'argent ? Sa seule source de revenus est le "baroj" (plantation de paan) et cela dans le cadre de votre contrat de bail. Va-t-elle faire pousser de l'argent sur cette terre stérile ?"

"Va et reviens avec l'argent. C'est mon ordre. Sinon, vous devrez faire face à la musique".

Voyant Puni à une heure aussi matinale, la mère de Puni se précipite vers elle.

"Qu'est-ce qui te prend, ma chérie ? Pourquoi as-tu l'air si émacié ? Pourquoi y a-t-il des lignes noires sous vos yeux ?"

Puni reste silencieux.

Elle ne sourit que tristement.

Une épine pique Sari. Elle n'arrive pas à comprendre.

Puni, souriante, s'avance et jette un coup d'œil à la vigne. À sa grande surprise, elle voit la vigne malade, ouverte de tous les côtés et mordue par le vent vampire.

La vigne semble être le corps d'un défunt dont la chair a été picorée par des vautours.

Elle sort en pleurant.

Sa mère lui demande avec inquiétude : "Pourquoi ton visage a-t-il l'air d'un paan infecté ? Venez. Se brosser les dents. Prenez de la nourriture et reposez-vous. Je leur dirai qu'il y a un gros poisson katal dans l'étang..."

Pas le temps de prendre de la nourriture, maman. J'ai dû m'adresser à vous pour une affaire importante.

"Dis-moi, ma chérie."

"Ma, votre gendre a un besoin urgent d'argent pour son entreprise. Il a besoin d'au moins dix mille dollars de votre part."

La mère, déconcertée, regarde sa fille et lui dit : "J'ai tout perdu : mon foyer, ma maison, ma propriété, ma vigne et ma fille bien-aimée. Je n'ai que ma peau à éplucher. Demandez à mon gendre de venir chercher tout ce qu'il trouvera, y compris ma peau..."

Puni fond en larmes : "Je ne voulais pas venir, maman, mais on m'a forcée..."

Sari a pris sa fille dans ses bras. Soudain, une égratignure ou une coupure sur le visage de Puni attire son attention. Elle a paniqué et s'est renseignée.

"Ce n'est rien, maman. C'est la marque d'amour de votre gendre. La pauvre maman n'a pas senti le sarcasme. Le visage de Puni ressemblait à une masse de muscles - tout le sang s'en écoulait.

Puni est revenu les mains vides. Ghanashyam, furieux, a écarté le plateau de riz et le bol de poisson au curry, s'est précipité vers le haat en pleine nuit, laissant une volée d'injures lancées à l'encontre de Puni.

La belle-mère de Puni s'est mêlée de l'affaire et a battu Puni par ses paroles acerbes : "Aha ! Quelle bouma amar (bouma = belle-fille) que de ne pas pouvoir garder son mari à la maison ! A quoi sert une bouma qui ne peut pas lier son mari !

La nuit suivante, Ghanashyam a réveillé Puni, lui a donné des coups de pied et lui a ordonné de commencer le "paan lachha" (disposition des feuilles de paan dans le gochh).

Puni proteste. "J'ai fait la même chose pendant toute la journée. Elle a duré jusqu'à minuit. J'ai juste pris le lit pour me reposer un peu. Êtes-vous un être humain ou un animal ?" Ghanashyam vit rouge et ordonna : "Je veux que la montagne de paan soit transformée en gochh avant dix heures du matin. Allez-y et commencez."

Des jours et des jours.

La nuit se prolongeant jusqu'à l'aube.

Puni est vu immergé dans une mer de feuilles de paan. Sa tête s'affaisse, ses doigts ne sentent plus rien, ses pieds pourrissent à force de verser de l'eau pour éviter le dessèchement des feuilles, les articulations et les muscles de sa taille s'engourdissent et se déshydratent.

Un beau matin, en essayant de se lever, elle tombe par terre dans un délire.

Ghanashyam, bien malgré lui, transmet la nouvelle à Sari.

Sari demande : "baba, je veux que ma fille vienne et reste avec moi pendant quelques jours.

Ghanashyam a rejeté la demande.

"Impossible. C'est la saison des coups d'œil. Nous avons besoin d'elle à la maison".

"Baba, j'ai entendu dire qu'elle était malade."

"Ce sont des mensonges concoctés".

"S'il vous plaît, baba, au moins pour quelques jours. Je vais la faire soigner par un médecin !"

"Attendez le mois de joisthya (mai)".

"Alors elle mourra, mon fils."

"Prenez-moi au mot. Elle ne mourra pas."

"Quel chandail (cruel et impitoyable) tu es !"

"Ghanashyam s'élance et lève la tête comme un serpent.

"Je donnerai une réponse appropriée plus tard."

La saison de la vente de paan étant terminée, Purnima a essayé d'attirer son attention sur son malaise.

"Tu vas m'écouter ?"

"De votre maladie ? Va voir ta mère."

"Maman n'a plus un sou. Comment le pourrait-elle ? Son baroj a été saccagé par vous. Par tige, deux ou trois feuilles attendent la mort et la vigne est un dépotoir de tiges noircies dans une cage. C'est votre cadeau pour elle".

"Tiens ta langue !"

"Pourquoi devrais-je le faire ? En tant qu'épouse, j'ai le droit d'être soignée lorsque je suis malade !"

"Qui supportera l'argent ?"

"Vous pouvez dilapider votre argent dans l'alcool, dans les bordels - puis-je savoir où vous trouvez l'argent ? C'est le travail de toute la famille qui vous donne de l'argent". Ghanashyam est furieux et gifle Puni. Les marques de son doigt étaient visibles sur son visage, encore et toujours. Puni en a gardé une profonde cicatrice.

Ghanashyam a pris peur et, le jour même, elle a envoyé Puni chez sa mère, avec une escorte.

De retour chez son père, Purnima pousse un soupir de soulagement. Sari est stupéfaite de la voir dans cet état. C'est un fantôme de Puni !

"Je vendrais ma maison pour te soigner, ma chérie."

Les lèvres de Purnima s'entrouvrent sur un sourire nostalgique.

"Maman. J'ai attrapé une maladie royale. Il se peut que des vers aient mangé mes poumons. Je suis à bout de souffle".

Sari prend le visage de Puni dans ses mains : "Non, non, chérie, tu ne peux pas me laisser seule dans ce monde hostile." Ils s'engagent tous les deux à essuyer les larmes de leurs yeux.

Sari vend tous les ustensiles en laiton et en métal de cloche. Vend sa vache gestante et ses chèvres. Le groupe de bambous, les arbres Nem et Arjuna *(Tarminalia arjuna)* ont disparu. Une partie de son terrain près de la piscine a également disparu. Sari emmène Purnima chez les médecins de la ville. Tous déclarent avec tristesse. Elle doit être immédiatement transportée dans un sanatorium. Il est trop tard.

Sari ne néglige aucun détail. Frappe à la porte du chef de l'administration locale au niveau du village, le Pradhan ou chef du Panchayat. Il reçoit une demande de Purnima, cosignée par sa mère Sari. La demande de traitement dans un sanatorium gouvernemental est en cours. Les espoirs de Sari perdurent. Elle vit d'espoirs. Par une nuit de pleine lune, alors que le monde entier est inondé de rayons de lune, Purnima demande à sa mère : "Maman, pourquoi m'as-tu appelée Purnima ?"

Sari n'a rien fait d'autre que de pleurer à haute voix.

Le lendemain matin, alors que Purnima est vue en train de se promener près du baroj, Sari entend un cri agité de sa part.

"Maman, viens aussi vite que possible."

La mère paniquée a pratiquement couru vers la vigne. Perturbée, elle entre dans le baroj et voit les feuilles - toutes séchées, flétries - rangées après rangées... Sari reste perplexe ... ses yeux dubitatifs jettent un regard furtif sur Purnima ... son visage avec des taches noires ... Maintenant Purnima devient floue et Sari voit des rangées de feuilles jaunâtres fraîches qui tombent de leurs tiges mortes ...

Les Nus

Scène-I : La porte de la maison

Un jour, au mois de juin, par un après-midi étouffant, Satish Chandra, biologiste et professeur renommé, rentre chez lui de l'université dans un état de délire. Il marmonnait en lui-même : "Usko nanga kar do. Usko... C'est inhabituel. Elle attire immédiatement l'attention d'Oindrilla, son épouse inquiète.

"Hé, qu'est-ce qui te prend ? Vous vous sentez mal ?" Elle lui a demandé et s'est précipitée vers lui avec une foule de questions.

"Sh-Sh-Sh ! Paix !

"J'ai dit quelque chose. Vous l'avez entendue ?"

"La paix, j'ai dit".

Ses yeux sont devenus pâles, ses globes oculaires avaient la couleur de l'eau boueuse. Il était visiblement méfiant. Il essaie de parler en chuchotant.

Oindrilla est bouleversée. "Est-il vraiment malade ? Choqué par quelque chose ? Ces dernières années, le monde lui a réservé des chocs et des surprises". Oindrilla avait vraiment été une enfant brûlée, redoutant toujours le feu.

"Qu'est-ce qui l'obsède ?" Un universitaire brillant et intelligent, largement acclamé pour ses innovations courageuses - si cher aux étudiants ? Ses recherches sur la biodiversité lui ont valu la célébrité ?" Le scientifique est resté debout comme un orphelin. Mais pourquoi ?

Elle s'est rapprochée.

"loin" ! murmura-t-il. En quelques secondes, il a mis ses mains en coupe pour tenir ses parties génitales, ses mains sous son abdomen.

"loin" ! Je suis nu. "Étrange ! Vous êtes habillés, mais vous dites que vous êtes nus ?

"Donnez-moi des vêtements. Ne me faites pas honte. S'il vous plaît !

Oindrilla l'a ramené chez lui.

Il a claqué la porte au nez des voisins indiscrets.

Scène-II : Deuxième étage du bâtiment de l'université. Le corridor. Quelques jours plus tard

(On voit le scientifique Satish se diriger vers sa propre chambre, attribuée au chef de département, dont le nom est inscrit en laiton sur le mur extérieur.)

Satish est vu en train de marcher furtivement. Ses yeux portaient le regard effrayant d'un voleur. Ils voyagent dans toutes les directions.

Une étudiante surgit de nulle part.

Satish reste hébété. La mort dans l'âme.

L'étudiante est Laily, une brillante et curieuse chercheuse sous la direction de Satish. Il lui voue un profond respect. Elle semble tout à fait perplexe.

Étudiant : Vous allez bien, monsieur ?

(Satish a l'air déconcerté. La jeune fille, par pur respect, s'approche pour l'aider à se remettre de son malaise.)

Étudiant : Il n'est peut-être pas bien. (Satish est sur le point de tomber et la jeune fille le relève rapidement)

Vous êtes malade, Monsieur ! Je n'aurais pas dû m'aventurer dehors.

Satish : En route ! Mein nanga hun ! (Je suis nu)

Étudiant : Monsieur, vous êtes en état de choc. J'appelle juste mes amis - Roshenara, Juthi, Samrat - ?

Satish : S'il vous plaît ! Non.

Étudiant : Détendez-vous, Monsieur. Nous sommes ici. Vous êtes notre professeur vénéré !

Satish : (Il répète la même chose pour la zone située sous son abdomen).

Étudiant : Douleur au niveau de l'abdomen ! Nous appelons le médecin.

Satish : Non. Donnez-moi des vêtements. Je suis à poil.

Étudiant : Monsieur, vous êtes bien habillé. Vous n'avez pas besoin de vêtements !

Satish : J'ai dit, je suis nu ? donnez-moi des vêtements, s'il vous plaît.

(Deux ou trois élèves sont arrivés entre-temps. La jeune fille leur souffle quelques mots à l'oreille :)

"Il se peut que Monsieur soit victime d'un traumatisme. Ramenons-le à la maison."

(Quelqu'un réussit à obtenir une nouvelle serviette pour Satish. Il l'enveloppe et se sent en sécurité) Un autre élève : Vous sentez-vous à l'aise ?

Satish : Ah moi ! ils coupent, coupent, abattent et brûlent le sol herbeux. Le monde sera une Sabana, tôt ou tard. Tous sont de gros calibres - avec de grosses haches. Vous ne pouvez pas les combattre.

Les étudiants : Qui sont-ils, Monsieur ? Dites-nous ce qu'il en est.

Autre : Monsieur est peut-être choqué. Il était en guerre contre l'autorité.

L'autre : Il devait participer à la conférence mondiale sur la biodiversité. À l'aéroport, il a été arrêté et contraint de rentrer chez lui.

L'autre : Honte, honte !

Satish : Venez au cours. C'est peut-être mon dernier.

(Les élèves le suivent dans la classe)

Les étudiants : Pourquoi Monsieur, pourquoi ?

Scène-III : La classe

Un écran géant sur le mur. Il est en direct avec une mer de vert, qui s'agite et passe.

Le scientifique (Satish) fixe son curseur. Un sol forestier vert apparaît. Des rangées d'arbres - certains sont d'un vert profond, d'autres sont des fantômes sans feuilles - à certains endroits, on peut voir les squelettes secs de géants d'autrefois - à d'autres endroits, un corridor grisâtre, sableux, sans végétation, s'étendant sur des kilomètres - des étendues de terres incultes sans fin, jonchées de membres brisés d'espèces d'arbres brûlés - une rivière asséchée avec des poissons morts et pourrissants...Des cadavres d'indigènes... d'antilopes, d'oiseaux... Et puis une énorme structure - peut-être une impression d'artiste d'un arbre primitif, se ramifiant jusqu'au bord d'une rivière voisine... Le scientifique saute à pieds joints.

Satish : (Le scientifique) Regardez ! Voici le majestueux **"Sihuahuaco"** !(La structure est en pleine lumière)

Les élèves s'exclament : Est-ce une espèce rare, Monsieur ?

Satish : Le plus rare des rares.

Les étudiants : Nom scientifique ?

Satish : Chers élèves, c'est Dinizia excelsa en Amazonie, l'autre est Dipterix mycrantha au Pérou. C'est un immense parapluie, qui dépose comme des continents entiers, des Andes jusqu'au fond des océans. C'est le sauveur de l'humanité à plusieurs niveaux. Il y a la couche végétale - il suffit d'avoir un regard curieux -, la couche arbustive, le sous-étage, la canopée, l'étage supérieur - qui cachent le soleil... et préservent la biodiversité. Mais l'homme est un chasseur brutal !

L'attention se porte sur un autre segment :

Il s'agit du secteur de l'élevage de l'Amazonie brésilienne. L'arrière-plan morne est dépourvu d'arbres. L'avidité des hommes a déboisé 80 % de la surface forestière pour le commerce de la viande et de la mousse. Environ 7900 kilomètres carrés (peut-être 3050).

miles carrés) de couverture forestière a été détruite au cours de la seule année 2017-18 dans l'État du Mato Groso et au Paraguay. Notre rapport statistique 2019 montre une augmentation de 22% de la destruction des forêts. Une grande partie des parcelles produisant de l'eucalyptus d'Australie et du pin du Honduras ainsi que les hautes terres boisées ont disparu ! La disparition signifie que vous perdez du charbon de bois, de l'oxygène, de la nourriture, un abri, de l'eau, des fibres, du carburant et des médicaments. J'ai écrit à ce sujet dans mes documents de recherche, je les ai lus lors d'une conférence dans mon propre pays, mais certaines personnes sont soudainement montées sur l'estrade, ont déchiré mes documents, mes vêtements et m'ont mis à nu... mes étudiants, voyez, ils anéantissent l'histoire, remplacent la science par la superstition, brisent le lien entre les gens - ils arrêtent les aiguilles de l'horloge pour reculer au Moyen-Âge... Ils m'arrachent mon savoir, mes vêtements et me mettent à nu... (tombe par terre), le grand Sihuahuaco de mon pays est abattu !

Scène-IV : Dans la chambre du psychiatre

On entend le scientifique demander la même chose : S'il vous plaît, donnez-moi des vêtements. Je suis nu ! (après une minute d'observation)

Médecin : Avez-vous fait une chute récemment ?

Satish : Oui, je suis tombé du haut d'une chaîne de montagnes dans l'abîme. Ils ont abattu l'arbre de vie - l'amour et la solidarité...

Médecin : (Se tournant vers Oindrilla) Excusez-moi, avez-vous fait un voyage dans la région des collines récemment ? A-t-il, à un moment donné, développé une peur des hauteurs vertigineuses ?

Oindrilla : C'était il y a longtemps, docteur sahib.

Médecin : Avait-il déjà été effrayé à l'idée de négocier une pente raide ?

Satish : (Il était assis tranquillement jusqu'à présent, mais il lève la tête en souriant)

Oindrilla : Au contraire, docteur. Il aimait escalader des sommets abrupts.

Satish : ha ha ha ! Docteur, vous connaissez "Shihuahuaco" ?

Médecin : Est-ce le nom de quelque chose ?

Satish : Oui ! C'est énorme... J'ai du mal à trouver le nom... Oh, le nom arrive mais disparaît l'instant d'après...

Médecin : Essayez de vous en souvenir, s'il vous plaît !

Satish : Le nom, le nom... ? c'est le parapluie du monde... il a de grandes émergences...

Médecin : Essayez de vous souvenir, essayez... ?

Satish : Il domine la canopée environnante... il abrite, nourrit, fournit de l'O_2... J'ai grimpé haut, c'est pour cela qu'ils m'ont entraîné vers le bas.

Médecin : Dormez-vous bien ?

Satish : Oui, mais...

Médecin : Mais ?

Satish : Je rêve d'un monde sans scieurs.

Médecin : Sawyers! Voyagez-vous ou marchez-vous en rêve?

Satish : Oui, les deux.

Médecin : Avez-vous déjà pensé que le monde de vos rêves est un eldorado ? Inaccessible ?

Satish : C'est exact. C'est vraiment le jardin d'Eden.

Médecin : Vous croyez donc à un jardin mythologique de paix, de tranquillité... et de sécurité ?

Satish : (Il se tourne vers le médecin. Il baisse la tête sur la table. Puis chuchote)

Docteur, ils arrivent avec de grandes haches et des camions remplis de scies électriques...

Médecin : Qui sont ces scieurs ?

Satish ; Je ne peux pas le divulguer. Ils me tueront. Ils ont tué des communautés - hommes, femmes et enfants.

Médecin : Vous avez donc peur d'eux ?

Satish : Oui, ils m'ont empêché de dire la vérité.

Médecin : Pouvez-vous me dire la vérité ? Je suis votre médecin.

Satish : Un jour ou l'autre. Ils se regroupent autour de moi. Ils ont peur de la connaissance. Ils détruiront l'arbre de vie. L'arbre porte des fruits. C'est de la connaissance. Ils détestent la connaissance.

Médecin : Des peurs étranges !

Satish : Ils ont essayé de détruire mes recherches. Je me rendrai dans une zone sûre. De là, j'enverrai une vague de connaissances...

Médecin : OK. Merci pour votre visite, Dr. Chandra, nous fixerons une autre date qui vous conviendra. Laissez-moi m'enrichir de vos connaissances.

Satish : Merci beaucoup. Mais restez vigilants. Ils peuvent faire une descente dans votre chambre !

Scène-V : Chambre à coucher des Chandras

Nuit. Le clair de lune, les rayons de lune se sont faufilés dans la chambre à coucher. Le monde extérieur est inondé d'une lumière étrange. Un calme typique règne en maître. Le scientifique (professeur) Satish Chandra est vu en train de dormir, câlinant sa femme.

Les lumières faibles s'éclaircissent. Chandra se lève d'un bond. Sortez. Les mains d'Oindrilla sont lâchées, mais elle dort, inconsciente.

Avec la lumière plus claire de la lune, une foule d'arbres (rangées d'arbres) est visible. La maison de Chandra et ses environs sont laissés à l'arrière. L'horizon forme un l'ombre d'une vaste étendue de forêt. Une rivière murmure au loin. Des notes douces sont filtrées. Des cris de bêtes sauvages sont entendus par intermittence. Un bel appel des cerfs aux abois, grognement des cochons, grondement de lion, hululement des hiboux, querelle des aras...

Intermède

Maintenant, les cochons ronronnent, les grillons chantent, les oiseaux chantent. Suivi par le bavardage des singes et le rire de Hayenas... La lumière s'allume. L'obscurité est cisaillée. Le sol d'une vaste forêt apparaît.

Là, sur le fond, un arbre majestueux devient visible. Il ne s'agit pas d'un arbre mais d'une cabane, car une foule d'animaux et d'oiseaux y vivent.

Satish Chandra est vu en train de se débattre dans les vagues de la lumière et de l'obscurité. Il est censé atterrir quelque part.

Soudain, il zézaie. Amazon ! Amazon !

Scène-VI : L'étage forestier

Aucune voix n'est entendue. C'est alors qu'un arbre géant se retrouve sous les feux de la rampe.

Voix : Il y a plusieurs milliers d'années. Je suis né. Les Européens ont mis le pied à l'étrier il y a quelques années. Mes enfants étaient des chasseurs et des cueilleurs. Ils étaient 5 à 6 millions d'autochtones. Les envahisseurs ont traversé les systèmes fluviaux de l'Amazone et du Paraguay et la plupart des plaines côtières. EL Salvador et Cobo Frio Brasa avaient des charbons ardents. Ils sont venus chercher du bois brésilien pour la quincaillerie et les bibelots. Ils ont pillé le Sud-Est pour les mines et le café. Ils recherchaient l'or et un commerce d'esclaves lucratif. Mes fils les appelaient les "brandeirantes". Ils n'étaient pas fatigués de traverser des hauts plateaux improductifs. Depuis, cette partie de la forêt, autrefois vierge, est malmenée... (Le professeur-scientifique Satish se trouve maintenant devant l'immense cabane. Son visage acquiert un éclat. On le voit ému. Il marmonne :

Satish : Le paradis de mes rêves, ici je te touche, je te caresse, je t'aime. (La voix s'amplifie)

Mon "Shihuahuacco" !

(La voix résonne)

Mon arbre de vie !

(Le scénario est ensuite assombri. Et, dans cette obscurité, on voit Oindrilla, sa femme, le fouiller frénétiquement. Elle possède un "Pradip" (récipient léger, chirag) en terre. Une faible lumière tente de découvrir Satish et une faible voix féminine s'élève lentement.)

Oindrilla : Sa-ti-shhh ! Où êtes-vous ?

Satish : Je me trouve au nord de l'Amérique du Sud, dans un pays de 60 millions de kilomètres carrés. Je suis au Brésil, avec les hauts plateaux de la Guyane au nord, la chaîne des Andes à l'ouest, le plateau central au sud et l'océan Atlantique à l'est.

Oindrilla : Où êtes-vous aujourd'hui ? Fantaisiste ?

Satish : Au pays des merveilles.

Oindrilla : Vous ne cherchez donc que des merveilles ?

Satish : Je suis pour l'arbre de vie. L'arbre permet de respirer. La respiration entretient le cycle de la vie.

Oindrilla : Que vais-je faire sans vous - votre maison, vos livres, vos travaux de recherche, l'université où vous avez travaillé - vos chers étudiants... ?

Satish : Je reviendrai lorsque ma mission sera accomplie. J'ai une noble mission : aider les Nations à respirer.

Oindrilla : Est-ce si noble que cela de devoir laisser sa femme en plan ?

Satish : Il s'agit d'une lutte épique. Tôt ou tard, vous me rejoindrez. J'ai besoin de vous pour un mouvement de résistance.

Oindrilla : Résistance ? Contre quoi ?

Satish : Vous savez, j'ai travaillé sur la perte de biodiversité, la mauvaise santé et l'émergence de pandémies.

Oindrilla : Comment lutter seul contre cette menace ? Vous en avez eu assez !

Satish : J'ai mes amis dans la forêt, sa faune et sa flore, ses systèmes fluviaux, la protection du stockage du carbone, etc.

Oindrilla : C'est un rêve fou, Satish.

Satish : Il ne vit pas qui ne rêve pas. Nous devons fournir à notre planète de l'eau propre, de l'air non pollué, de l'énergie et des médicaments !

Oindrilla : Vous auriez pu le faire dans votre propre pays ?

Satish : Mon terrain n'est pas cartographié Oindrilla. Je suis partout. Vous savez, ils ont mis à la poubelle tout mon savoir, m'ont empêché d'assister à la Conférence mondiale des scientifiques, ont forcé les gens à se lier, ont arrêté les fonds pour la recherche, ont remplacé la casuistique par l'histoire, ont vénéré la superstition par la science ! Je me suis coupé les mains et la langue !

(Il y a de l'agitation. L'arbre de vie prend forme, il parle. Oindrilla est maintenant floue)

L'arbre : Ce n'est pas dans ton domaine, humain. Il se trouve sur la terre de la planète. Ils ont adopté la politique du "slash and burn". Regardez-moi, j'ai été tailladé plusieurs fois. Je me languis.

(La voix d'Oindrilla s'affaiblit. Pourtant, elle essaie de l'envoyer :)

Oindrilla : Nous sommes effrayés.

Satish : Les mensonges craignent la vérité, pourquoi le ferions-nous ?

Oindrilla : Nous devons vivre, Satish !

Satish : Comme les hommes creux d'Eliot ou les ouvriers tête baissée de Gorki ?

Oindrilla : Où que vous alliez, vous serez confronté au mensonge et à la tromperie.

Satish : Nous sommes à l'aube du jugement dernier. Au point de basculement. Il faut lutter contre la cupidité et la soif de pouvoir.

Oindrilla : Je veux être avec toi, Satish - s'il te plaît, emmène-moi !

Satish : Quand le temps est venu-

Oindrilla : Je ne te manque pas ?

Satish : Je cite un poète pour vous répondre.

 Chérie, quand tu marches sur mon chemin

 Qu'il fasse jour ou qu'il fasse nuit ;

 Hiver rêvé, mai féerique

 Je vous connaîtrai et vous saluerai

 Pour chaque jour de deuil ou de

grâce

Te rapproche de mon étreinte

L'amour a façonné votre chère

visage

Je vous reconnaîtrai quand je vous rencontrerai

[La lumière s'éteint. Le rideau de brume s'est répandu. Il fond ensuite lentement. Le scientifique est vu en train d'embrasser un énorme arbre. L'arbre semble entaillé ou ceinturé. Une musique de deuil s'échappe de la rivière voisine. Le scientifique l'enlace, l'embrasse, tente de l'encercler dans son immense largeur. Échec. Il reste silencieux pendant un moment. Soudain, une feuille plus grande tombe à ses pieds. Il s'abaisse pour collecter. Des larmes roulent sur ses joues. Il regarde aussi haut que ses yeux peuvent atteindre.

Deux gouttes de larmes du haut de gamme, touche son coup droit. Il pousse un cri de joie déchirant].

Satish : Oh mon "Sihuahuaco" - Mon arbre de vie - Dipterix Mycrantha Qu'est-ce qu'ils ont bien pu faire de toi ?

(pleure bruyamment)

L'arbre : D'où venez-vous ?

Satish : Du pays des humains.

L'arbre : Vous êtes ingrats.

Satish : Pas tous, ma chère.

L'arbre : Soixante mille espèces de ma lignée attendent la mort - à cause de tes incursions, homme.

Satish : Mais des millions de personnes se sont regroupées pour lutter contre la mortalité, mon ami.

L'arbre : Ne savez-vous pas que la perte d'une seule espèce dans le bassin amazonien entraînerait un désastre pour l'écosystème ?

Satish : Moi, scientifique, je sais avec certitude que les arbres de l'Amazonie séquestrent 25 % du total des émissions de CO_2.

L'arbre : Mais hélas ! Nous perdrons 30 % du pouvoir de stockage du carbone en raison d'une mort prématurée, si nous continuons à déboiser comme jamais auparavant.

(Un événement mystérieux se produit. Une grande masse de feuilles vertes descend et commence à parler :)

Feuilles : Nous préparons dans notre cuisine une photosynthèse à partir de H_2O et de dioxyde de carbone CO_2 avec l'aide du soleil. Nous stockons et entretenons la biomasse pour stocker les composés de carbone dans notre corps et notre tronc... !

[Soudain, une énorme scie électrique apparaît. Il devient plus grand que l'Arbre] Quelques personnes à tête ronde, à grosse moustache, rudes et grossières apparaissent devant l'Arbre. Certains d'entre eux brandissent des haches massives. L'un d'eux se met à chanter :

>J'ai la tête qui tourne
>
>C'est le début de la fin
>
>Les gens paniquent quand je sors de chez eux
>
>Tellement effrayé. (Album-Van Weezer, 2019)

[L'arbre se met à pleurer avec ses locataires animaux et oiseaux].

The Other joins : Quinze cent mille ans

>Cela ne suffirait pas à sécher ces larmes !
>
>ha ha ha !

Le troisième saute et fait un saut périlleux en disant :

>Suis-je en train de devenir fou ?
>
>Suis-je fou et hébété ?
>
>Suis-je trop perdue pour affronter cela ?
>
>Et quel sera le prix à payer pour s'échapper ?
>
>Rien n'est juste
>
>I am so scared (par Korn, Album issues, 1999)

Ces personnes à l'allure féroce viennent encercler le tronc de l'Arbre de Vie.

Satish ne bouge pas d'un poil. Il est toujours debout, embrassant.

Homme 1 : Tu veux chasser la viande de brousse ?

Homme 2 : Vouloir de l'or et du bois brésilien... ha ha ha !

Homme 3 : Je veux brûler, brûler, brûler, brûler, brûler-ra-ra-ra

Homme 4 : Voulez-vous du mercure et du méthyle pour l'aquaspoil-ha-ha-ha ?

Homme 5 : Vouloir déboiser et récolter-ha-ha-ha

Homme 6 : Envie d'animaux sauvages et d'élevage de bétail-ri-ri-ri

Homme 7 : Voulez-vous lier la forêt avec des chaînes de dettes-hi-hi-hi

Homme 8 : Venez, volez sur l'autoroute-la-la-la. Nous explorerons le cœur de l'Amazonie.

[On les voit s'approcher avec leurs haches et leurs scies. La foule s'agite. Bruits de camions s'avançant au cœur de la forêt. Ils sonnent une jubilation différente. Les arbres se mettent à pleurer. Satish se joint à la plainte. Il crie : Au secours ! L'un des hommes qui avance fixe une frappe sur le tronc. Satish tend les mains pour protéger. Il échoue et tombe. Le deuxième homme est sur le point de l'infliger, et c'est à ce moment-là qu'un miracle se produit. Toute la faune rampe jusqu'au sol de la forêt. Ils encerclent les attaquants. Effrayés, ils tentent frénétiquement d'entailler l'arbre. Mais ils retombent. Ils sont piétinés. Ils brandissent leurs armes, mais ils sont arrêtés par un million de mains. On entend un bruit de marche sur l'autoroute. Des personnes venues des quatre coins du monde affluent. Blessés, ils lancent pourtant l'appel. Le bataillon armé cède.

La lumière s'éteint.

Le scientifique (Satish) chante à tue-tête :

"Je suis nu, je suis nu, ha ha ha

Nus sont mes amis de la jungle, ha ha ha !"

Le sol s'allume à nouveau

Le scientifique est vu parmi ses amis, les agouistes, les opossums, les écureuils, les rats épineux, les rongeurs, les jaguars et les lions à distance et les oiseaux entament des chants musicaux à pleine voix : SAUVEZ LA FORÊT / OH, SAPIEN !

[Le visage illuminé du scientifique réapparaît :]

"Je suis nu, nu comme les arbres

Je suis nu, nu comme les rivières en crue

Je suis nu, nu comme les rongeurs et les agonistes

Je chercherai les graines sous la Terre Mère"

[Le scientifique rejoint les agouistes pour tracer les graines. Sa voix résonne :]

"LA TERRE/LA TERRE DOIT ÊTRE ENSEMENCÉE !

Oindrilla nous rejoint d'un autre monde : LA TERRE...

N.B. : L'auteur déclare être redevable à Internet d'un certain nombre de rapports d'experts. Il est également redevable d'ouvrages spécialisés sur le sujet.

La Fourmi

Du riz bouilli est étalé sur une natte dans la cour. Les diables se régalaient. Grand-mère Gangamoni vient de rentrer des champs. Ses yeux s'écarquillent.

Voyez, quel gâchis ! et ces jeunes filles peintes ont sacrifié leur chère nourriture à la bouche de ces rakshashas (démons) ! Regardez, ils profitent de la brise apaisante ! Toi l'aînée, et toi la suivante, viens voir de tes propres yeux comment ces diables pillent mes grains ! Ne sais-tu pas que pendant les années de famine, j'ai nourri mon fils Gobind uniquement avec des cressons ? Le père de Gobind a passé une journée entière à arracher des mauvaises herbes pour un plat de riz gruau rassis ! Je suis parti à la recherche d'escargots et d'huîtres dans tel ou tel étang ! Et vous ?

Vous avez ouvert une aumône sur mes céréales durement gagnées ! Que pensez-vous de l'épreuve que représente la production d'un seul grain ! Vous, les femmes dorlotées d'aujourd'hui ! Votre mari gagne durement sa vie ; votre belle-famille Gangamoni ramasse des pièces de monnaie même sur des excréments et vous ne comprenez donc pas ce qui se passe ; ne vous rappelez-vous pas qu'un homme s'est enfui, tuant une femme au foyer pour un simple thali de riz ?

Les yeux grands ouverts, Gangamoni observait la colonne des diables qui s'allongeait de la cour jusqu'à l'épais groupe de taches d'herbe. Là, à bonne distance d'un grand trou, ils avaient fait une courbe pour s'arrêter à la plinthe du mur de boue. Il y a une grande cavité, la colonne entrant et sortant, comme si une armée était envoyée à la guerre et que des renforts remplissaient la pièce vacante. Ah moi ! malheureux que je suis, tous ont conspiré pour s'en prendre à mes grains. Les démons n'y prêtent pas attention. En tête du cortège se trouve une personne à grosses griffes. La colonne était bien gérée, sans laisser d'espace, et de petits ouvriers s'affairaient à transporter le paddy avec une discipline impeccable. Entre une rangée de quinze ou vingt personnes, il y avait une petite pièce et, au-delà, une autre rangée, chacune portant sur ses griffes un paddy plat et bouilli.

Gangamoni a essayé de compter les chiffres mais n'y est pas parvenu. "Si ce pillage se poursuit à la même vitesse - chaque fois qu'une poignée de paddy est dévorée..." ;

Elle était terrifiée :

Elle a commencé à frotter la colonne avec ses pieds en lambeaux. La colère la défigure, elle apparaît comme une femme au physique déformé, à la bouche et aux dents maladroites. Ses cheveux, ébouriffés. Les yeux écarquillés, criant, elle s'est mise à fouiller de toutes ses forces et à déchirer l'air. Mais les diables étaient malins. Elles se sont glissées dans la petite pièce, sous ses pieds, et même si on les a frottées sévèrement, elles sont restées accrochées pour ne pas quitter leur possession.

Gangamoni s'écrie à nouveau : "Voyez, mesdames capricieuses, comment un minuscule insecte lutte pour survivre".

Et vous ?

À ce moment-là, l'aînée des belles-filles se précipite.

Que se passe-t-il ici ? Pourquoi crier et attirer l'attention des voisins ? Nous ne sommes pas encore morts, c'est sûr ? Vous contribuez à la joie des voisins. Ils prêtent des oreilles curieuses.

Pourquoi ne le savent-ils pas ? Ai-je quelque chose à cacher ? Il s'agit du paddy de Gangamoni, produit à grand renfort de main-d'œuvre. Comme sa famille est constituée de ses poumons, son paddy est également imbibé de son sang. Comment peut-elle supporter qu'il soit détruit ?

Maa, n'est-il pas vrai que les rats pénètrent dans les champs, que les oiseaux dégainent leur long bec et que les sauterelles mangent le noyau?

C'est au-delà de vos yeux, ma chère belle-fille. Comment pouvez-vous espérer que je sois le complice de ce crime en plein jour ? Je ne devrais pas y jeter un coup d'œil ? En tant qu'aîné, tu dois savoir comment tenir ta maison, sinon pourquoi ta maison te tiendrait-elle ?

Ma, celle-là, c'est la cuisson du riz dans une grande boîte de conserve. La deuxième consiste à éplucher les légumes. Il n'y a pas assez de feu dans le four. Je dois faire des allers-retours pour superviser. Comment pourrais-je regarder le paddy sécher au soleil ?

Les mots tombent si vite de votre bouche, ma chère. Bien sûr, je ne peux pas prélever d'impôts sur votre langue. Ce que je veux dire, c'est qu'il faut garder les yeux ouverts dans dix directions à la fois. Les hommes ne sont pas mieux que des invités dans la maison. Ils vont et viennent. Vous êtes l'épouse, l'âme de cette maison. Il convient de colmater toutes les brèches possibles. Si vous vous laissez aller à la paresse, les cambrioleurs entreront par là.

Cette fois-ci, la deuxième belle-fille a lancé : "Didi- dépêchez-vous à la cuisine, le pot de riz a brûlé au fond".

"Les richesses mal acquises sont dévorées par les monstres ; vous ne vivez que dans les énigmes. A qui donnerez-vous la richesse de ce Yaksha ? (Vous fermez les yeux et le monde qui s'offre à vous se fond dans une profonde obscurité. Vous tombez sur la poussière, la poussière dévore vos richesses. Qui mange l'acarien de qui ? Si vous fermez les yeux, les gens fouilleront dans votre existence" - Quelqu'un lui a soufflé ces mots à l'oreille. De qui s'agit-il ?

Un bourdonnement à moitié étouffé, semblable à une chanson, jaillit de sa gorge : Tu conduis le ferry/ à travers ce monde qui est le nôtre/ oh fluter : oho, oh fluter-r-r En chantant, le vieux Gangamoni est descendu dans le potager pour surveiller la croissance des bosquets de concombres qui verdissent sur la clôture. Tout autour de la maison, il y a eu une avalanche de plants de concombres verts. Des bourdons noirs ont été aperçus sur les fleurs de brinjal ; les fleurs de citrouille jaunâtres ressemblaient à des mains repliées offrant des prières au soleil. Les piments verts ressemblaient à des doigts d'enfants.

Gangamoni était folle de joie de voir le doigt de la femme et l'herbe à pot (liane) prospérer dans la joie verte.

dit-elle : Ce sont mes petits-fils et mes petites-filles. Puis-je quitter ce monde en les laissant tous derrière moi ? Ma maison est pleine. Oh mon très cher passeur, je souffre. Je ne peux pas dire adieu à ma maison pleine : Quelle grande affection elle me porte : Eh : qui a commis ce méfait ? Qui est la femme stérile, la progéniture d'une veuve qui a volé deux de mes concombres, entre-temps ? Il aura la lèpre sur les mains, j'en suis sûr ! Ce soir, elle mourra de déshydratation, du choléra. Vous voyez, hier j'ai cherché dans les feuilles et j'ai laissé pousser deux concombres et aujourd'hui ils ont disparu ! Mangez, mangez, vous êtes un gourmet et vous mourrez. Deux concombres - au moins de sept à huit cents grammes - en ces jours où les prix s'envolent ?

Elle en a trouvé dix ou douze qu'elle a conservés dans sa corbeille en osier. Elle a marmonné, c'est fini pour aujourd'hui. Ceux-ci sont encore en fleurs. Elle est allée dans les rangées de plants de doigts de dame, en a coupé quelques-uns avec un couteau, a cueilli des piments verts. Elle s'est ensuite préparée à se rendre au haat (marché) local.

Deux des petites-filles se tenaient debout, épinglant leurs yeux avides sur les concombres. Gangamoni les a réprimandés en disant : Pourquoi jetez-vous un regard avide ? La cupidité conduit au péché, le péché à la mort. Lorsque vous entrez dans la maison de votre beau-père, votre belle-mère saisit le jus de cuisson chaud sur votre langue. Nous devrons porter le fardeau de la faute - notre fille est une gourmande. En route, je vous apporterai des côtelettes du haat. 3

Le vieux Gangamoni se rend régulièrement au haat, quelle que soit la saison, hiver comme été. Le fils aîné proteste avec amour : Maa, à partir d'aujourd'hui, tu ne dois plus aller au haat.

Ne sommes-nous pas là pour cela ?

C'est vrai, vous êtes là. Mais qu'est-ce que cela apportera de plus pour alléger mes souffrances ? Vous savez, l'eau d'un même pichet finit par se retrouver au fur et à mesure que vous vous en servez. Je vous raconte une énigme : Il y avait une pédale de décorticage, une fois/ tu la coupes chaque jour/ et il n'y a/ aucune chance qu'elle lutte contre la pourriture/ Elle a ajouté : "De quelle quantité cette famille affamée, composée de deux générations de petits-fils et de petites-filles, a-t-elle besoin pour remplir son four à grosses griffes ? Aujourd'hui, j'ai de la force et je travaille dur. Demain, je risque de perdre pied et de tomber. Vous témoignez des souffrances énormes que nous avons dû endurer.

Maa, c'était une période difficile. C'est du passé. Maintenant que nous sommes debout, pourquoi ne pas vous reposer ? Maintenant que vous me demandez de me reposer, un jour viendra peut-être où vous me forcerez à partir. Tu diras alors : Pourquoi t'accroches-tu au lit ? Vous dormez le dernier. Écoutez, une fois que vous vous êtes reposé, vous n'avez plus rien à faire. Et si je me repose maintenant, le repos mènera au dernier sommeil. L'homme ne vit que de son travail. J'ai travaillé tout au long de ma vie et j'ai donc pu vous élever. Aujourd'hui, alors que les dernières années approchent, pourquoi devrais-je rompre avec cette vieille habitude ? Le travail acharné n'a pas de mauvais côté.

Gangamoni regarde alors son panier d'osier.

Oh, comment puis-je aller au haat avec une si petite quantité ? Laissez-moi savoir si j'obtiens quelque chose de plus.

Quittant le potager, Gangamoni s'est lancé dans les plantations de bananes. On ne l'aperçoit pas dans le labyrinthe de feuillages profonds. Un seul pouvait voir le mouvement des feuilles de bananier ici et là. Seul un bruit sourd se fait entendre. Tout à coup, on entend sa voix stridente vibrer dans l'air :

Toi, Nagenia, où te caches-tu ? J'avais camouflé une grappe de bananes 'martaman' sous des feuilles, elle devenait jaunâtre, personne ne pouvait s'en rendre compte, personne ne l'a remarqué, mais Nagenia l'a déjà remarqué : Et il a fait sortir clandestinement la grappe arrière ! Le pain, c'est peut-être douze dollars pour un jeu de quatre. Et les descendants des Rakshasas dévoraient tout.

Quelques pas plus loin, il y avait l'épaisse obscurité de la touffe de bambous. Il était clôturé. Gangamoni manipulait délicatement une cucurbitacée pour en cueillir un fruit, mais elle a vu quelque chose et s'est arrêtée brusquement.

Dans les ténèbres qui s'amoncellent, elle aperçoit une tache rouge. Ok ! Ce sera certainement l'aanchal (extrémité du saree d'une femme) d'un saree de couleur rouge et.......... L'ombre d'une fille .... qui pourrait être cette fille ? Elle a entendu des chuchotements ou des répliques amoureuses plus douces et plus bruyantes.

Qui pourrait être ce Roméo, de l'autre côté de la clôture ? Devinez qui cela peut être. Tournez simplement votre visage dans cette direction une fois, et je vous attraperai la main dans le sac : Gardant le panier d'osier sur le sol, Gangamoni resta bouche bée. Ah : Et voici ma très chère petite-fille Fulmoni : Elle avait dix-sept ans à l'époque d'Agrahayana. La veille, elle avait la langue bien pendue, trop timide pour parler. Gangamoni était terrifiée à l'idée que des serpents puissent entrer dans sa famille par n'importe quelle fuite non protégée. Tout ce qui a été mis en place sera désorganisé.

Elle entendit le bruit plus doux d'un ricanement étouffé. Et le tintement des bracelets.

murmura Gangamoni : Toi, la fille effrontée, tu t'es fait pousser deux ailes plus grandes ! - Attends, je vais te montrer comment on renverse la table.

Elle était sur le point d'avancer lorsqu'elle s'est arrêtée. Non, s'ils sont interrompus maintenant, ils seront vigilants. Laissez-moi écouter dans quel genre de bavardage ils sont absorbés. Laissez-moi écouter comment l'arôme s'est concentré.

Et voilà ! Cette fille va à l'école. Se présenteront à l'examen secondaire supérieur. L'examen est une excuse, elle y va pour rendre les gars agités fous d'elle. Humeveryday : des coiffures plus récentes. L'extrémité d'un cheveu danse comme le capuchon d'un serpent. Chaque fois qu'elle siffle. Elle fera des nœuds avec des rubans rouges ou bleus. Vaporiser la poudre dans le cou, le long de la gorge et sur les joues. Saupoudrer le spray corporel, faire ses sourcils. Collez des pointes de sueur assorties entre les sourcils. L'un est grand, l'autre de taille réduite - quelle mode ! S'agit-il vraiment d'éducation ? Je les ai prévenues à plusieurs reprises : si les femmes sont autorisées à aller à l'école, elles deviennent sauvages.

Les yeux de cette jeune fille dansent, tout comme ses seins. C'est aujourd'hui le dernier jour de ce hobby. Laissez-moi sceller les portes.

La conversation de l'autre côté devient audible. Gangamoni tendit l'oreille et resta immobile. Mais qui pourrait être ce Krishna ? Le pêcheur a étendu son filet dans une eau très cristalline. Ma petite-fille n'est pas indigne d'attention, elle est riche en beauté et en qualités.

Fulmoni parlait sans arrêt - Samarda, n'est-il pas vrai que tu ne viens pas chez nous, ces jours-ci ?

Gangamoni est surpris.

Qu'est-ce que c'est que ça ? Ils sont en froid avec notre famille : Les deux familles ont eu de nombreuses querelles qui ont même abouti à des effusions de sang. Un certain nombre de dossiers ont été déposés. Malheur à toi, Fulmoni, une fille comme toi désireuse d'épouser un tel Prahllad de la lignée des monstres. Croyez-moi, cette clôture ne sera jamais brisée. Certes, Samar est le diamant des diamants, mais son père? Le magistrat modifiera son verdict, il ne le fera pas. C'est un chandal (homme d'origine inférieure et de nature cruelle) sans pitié.

Samar a été entendu dire : comment puis-je aller à ? Tu vois, tu as cette vieille grand-mère obstinée et grincheuse, j'ai peur d'elle. Et pour vous dire franchement, je n'ai qu'un mois de congé, combien d'endroits vais-je pouvoir visiter ?

Gangamoni se met en colère. Elle se dit, tu me traites d'obstinée, comment appelles-tu ton père ? Elle murmure, oh vous le monde ingrat, vous n'avez vu que mon obstination ?

Fulomoni continue à parler. Gangamoni a compris, le sentiment jaillit d'elle. Les sentiments avaient leur propre couleur. Il va au fond des choses et frappe. Ses racines sont profondes. Gangamoni est effrayé.

Fulmoni continue : Sur un mois, la sœur de ta belle-sœur prendra quinze jours et les quinze autres seront divisés en plusieurs invitations. Fulmoni Retched n'aura que deux jours et ce n'est rien d'autre qu'une errance sans but dans la nature ? Pourquoi ? Pourquoi n'avez-vous pas le courage d'affronter la réalité ?

Quelle métamorphose ! Et ce sont certainement les paroles d'un vrai fiancé, a déclaré Samar, stupéfait. Prenez-le, cet amour et ses accessoires sont des bêtises. Nous comparons maintenant les filles avec le deuxième pont Hooghly, brillant mais considérablement complexe. Comme les rivières qui ont des courbes dangereuses.

Non, pas cette Samarda. En fait, vous prenez des virages dangereux. Aujourd'hui, on pense au deuxième pont Hooghly...

Tu es une fille précoce :-

Samar se rapproche encore plus qu'avant.

Qu'avez-vous l'intention de faire ? Non, non, je proteste - sa voix est devenue faible et aussi douce que la boue.. :

Restez à cinq mètres.

Inhibition ? Samar fronce les sourcils.

Je ne sais pas.

Vous êtes assez misérable. La petite fille d'une grand-mère avare. D'accord, adieu. Nous ne nous rencontrerons jamais de notre vie. Même si vous ne cessez de verser des larmes.

Non, s'il vous plaît, ne partez pas. Fulmoni sanglote.

Après cela, le silence s'est installé. Gangamoni a commencé à craindre ce silence. La peur la tient en haleine. Je ne sais pas ce qui naîtra de quoi. C'était le même sentiment qu'au moment où un bœuf à gros ventre était entré dans sa terre adulte. Tout sera mis à sac par lui.

Gangamoni ne sait pas quoi faire à ce moment-là. Même si elle se raclait la gorge, le Roméo reviendrait sain et sauf, mais Fuli ?

Quel chemin Fuli va-t-il emprunter pour battre en retraite ? Si elle veut y retourner, elle devra passer par ici. Gangamoni savait qu'elle était une fille obstinée. Honteuse, elle ne viendra jamais par ici si elle sait que Gangamoni est ici.

Gangamoni n'entend que des chuchotements. Puis une forte vibration de la respiration. Oh mon Dieu, quel scandale ! Puis vint le bruit des baisers échangés, et elle frissonna. 7

Les fruits de la conque (un type de fruit succulent blanc, ressemblant à une pomme de terre et ayant la forme d'une conque) ont été prélevés dans les champs pour être transformés. Une grande quantité de patates douces. Gangamoni se trouvait dans les champs et veillait scrupuleusement. Les enfants - Meni, Dulari, Shyama et Nagen. L'aîné des fils aînés, Nagen, était assis, ses grands yeux fixés sur le côté du terrain. Son regard se tourne, puis s'épingle sur les corbeilles de fruits. Des fruits blanchâtres de petite et grande taille, de forme allongée et aux nervures rondes, semblaient illuminer les paniers. L'attention des enfants a été attirée par les plus grands. Ce moment-ci, ils regardaient leur grand-mère, ce moment-là, ils étaient dirigés vers le père et l'oncle. Aucun d'entre eux n'avait de langue sur le visage, car le visage de grand-mère était terriblement froid. Elle calculait et pesait silencieusement. Combien de kilos pèseraient ces paniers de fruits, comment ils attireraient l'attention des détaillants - elle réfléchissait à toutes ces questions. Pendant ce temps, Nagen, qui était assis près de la grand-mère, se mit à bouger furtivement et, s'approchant de l'un des paniers, s'empara d'un gros fruit et s'enfuit. Les plus petits ont saisi l'occasion et ont crié : grand-mère-dada vole le grand loin..............

Gangamoni a poussé un cri strident : voyez, vous tous, cette famille de Rakshashas va tout dévorer. Si l'érosion se poursuit à cette vitesse, 365 bighas de terre (un bigha de 40-50 décimales) seront insuffisants pour 365 jours par an. Je vous le dis, vous l'aîné, vos femmes ont-elles encore un peu de bon sens ? Ne peuvent-ils pas s'occuper de leurs enfants ? Le fils aîné s'est précipité sur les enfants pour les frapper, mais Nagen avait déjà franchi le fossé. Les belles-filles regardaient la scène dans la cour. Ils se sont alors mis en colère, tous en même temps.

Les enfants ne sont rien d'autre que le Seigneur Narayana. Notre belle-mère s'empare de la nourriture des enfants pour aller la vendre au haat. Ne sera-t-elle pas maudite par le Seigneur ? Il s'agit simplement d'un fruit de conque, mais elle parle beaucoup. A-t-elle vendu son lait alors qu'elle élevait ses propres enfants ? Cela a profondément frappé Gangamoni.

Qu'est-ce que c'est ? Pouvez-vous reprocher à Gangamoni de ne pas avoir donné à manger à ses enfants ? Une humiliation insupportable pour moi. Qui a orienté cette famille sur la voie du progrès ? Pour qui, ma chère déesse Lakshmis, es-tu venue dans cette famille ? J'ai eu un bon nombre d'enfants. Je les ai amenés à la lumière de ce monde et je les ai élevés. Vous me réprimandez en me disant que je ne comprends pas l'esprit des enfants. Seulement vous ? Qui sont venus hier comprendre ? Tenez, gardez les clés, vous l'aîné, prenez en charge la famille, je suis prêt à renoncer à ce monde. Tu t'occupes de ta propre maison, pourquoi devrais-je économiser pour toi - privant ainsi de nombreuses bouches affamées - n'est-ce pas pour ton avenir ?

Sur le chemin du haat, alors qu'elle brûlait le soleil ardent comme en transe, elle eut soudain l'impression que les quatre directions s'étaient vidées sous ses yeux. Le fardeau qui pèse sur sa tête s'allège peu à peu. Une pensée plane sur son esprit : pour qui est-ce que je porte ce fardeau ? Je porte le fardeau depuis des jours. Le moment est venu de transférer la responsabilité sur les épaules des autres - et de faire ses adieux.

Non ! Je ne pourrai pas y aller, à cause de Fuli. Il me reste tant de tâches à accomplir.

Fuli la sentimentale montre à nouveau un visage doux devant elle. Son cas doit être réglé afin qu'aucun péché ne projette son ombre maléfique.

Le soir, alors que Gangamoni rentrait chez elle, elle vit, à la lumière d'une lanterne, ces fruits de conque dans un état d'abandon total et de nombreux démons s'en emparer. En d'autres temps, elle aurait fait parler d'elle, mais là, elle n'a rien dit. Son visage avait l'air défait.

Elle se parlait à elle-même, comme dans un soliloque, suis-je si méchante que les hommes ne me touchent pas, seuls les insectes trouvent en moi une nourriture plus sûre ?

Cet homme dit que la mère d'un autre est morte. L'autre homme se réfère à un autre, réalisant que chacun s'accroche aveuglément à toutes les possessions terrestres, dit - ceci est à moi, cela est à moi, mais ne sait-il pas que sa vie est écourtée et qu'il disparaît en un instant ? Le troisième ajoute que la mort l'a convoqué et qu'il est donc parti.

Gangamoni ne veut pas d'invocateur. Elle veut les quatre éléments de la vie, cette terre avec son air, sa lumière, son eau et ses foules. Elle aime leur clameur, qui veut quitter ce beau monde ? La vie reflète ses propres illusions sur les yeux de ceux qui parlent toujours de leurs jambes prêtes à s'échapper de ce monde. Même en faisant un pas dans l'autre monde, le vieux Ramdas dit : "Je vais prendre de la viande. Il Huh ! est un Vaishnaba.

Un autre jour, Gangamoni était couché à moitié éveillé sur le lit depuis un certain temps, il s'est soudain réveillé et s'est exclamé : le temps est court. Je dois avoir une apparence soignée. J'ai encore un certain nombre de tâches à accomplir.

Le visage de Fuli s'impose.

Aussitôt, Gangamoni appelle Fuli. Sa voix était affectueuse.

Fuli, viens ici et appelle les deux autres salopes. Viens, laisse-moi te coiffer.

Fuli a déjà senti le danger. Grand-mère a-t-elle vu quelque chose ? Elle a rencontré Samar quatre fois après ce jour fatidique. Elle s'énerve de cet appel intempestif pour se coiffer. Elle s'assoit près de sa grand-mère, mais craint de jeter un regard sur ses yeux impérieux.

Quand vos examens prendront-ils fin ?

Au mois d'avril de l'année prochaine.

Si vous ne savez pas compter les mois en anglais, dites-moi l'équivalent en bengali. Falguna, je suppose... Les arbres bourgeonnent au mois de Falguna, j'en suis sûr. Puis-je vous demander si vous avez avancé ? Allons, vous êtes la demoiselle moderne, pourquoi rougissez-vous ? Regardez, c'est quoi ce nœud de cheveux ? Je pense que votre esprit actuel peut être comparé à votre mode capillaire actuelle - toujours en train de voler sur des ailes, de danser et de faire danser les autres en même temps.

Fuli baisse les yeux. Il semble qu'elle soit prise au piège.

Il est temps de vous marier. Laissez-moi partir.

Pensez-vous que je vous laisserai faire ? Asseyez-vous ici. Les conversations amoureuses, lorsqu'elles sont racontées, vous, jeunes filles, êtes agitées. Lo, tu as des poils qui te descendent jusqu'aux fesses : Et.......... Sans utiliser d'huile, regarde comme ta mode actuelle a abîmé ce trésor, tu vois, putain. Venez, laissez Je me badigeonne les cheveux d'huile de noix de coco. Non, l'huile de coco est antidatée pour vous. Vous avez besoin de Jabakusum. Je l'achèterai demain au haat. Et vous - puchi, meni, shyama - vous êtes l'apprentie de didi ? Si vous êtes tous un peu développés dans votre corps et votre esprit, alors vous le ferez. Pas maintenant.

Ils n'ont rien compris. Ils ont donc regardé fixement.

Gangamoni lui badigeonne les cheveux avec beaucoup d'affection. Elle a parlé d'un ton affectueux - mes mains sont en lambeaux, vous n'aimerez pas cela. Si vous vous mariez, les mains de votre mari seront plus chères.

Fuli ne parvient pas à entrouvrir les lèvres pour sourire. Elle n'y échappera pas non plus.

Personne ne sait quand viendra mon dernier moment. Avant cela, je veux partager la joie du mariage de Fuli. Fuli, tu t'es fiancée à quelqu'un?

La question est profonde et Fuli a des palpitations.

Je t'appelle ici, la belle-fille la plus âgée.

Pourquoi ? L'aîné est arrivé d'humeur joyeuse.

Je vais organiser le mariage de Fuli.

C'est une bonne nouvelle, Maa-

J'ai un groom bijou sur lequel j'ai déjà jeté un coup d'œil.

C'est vrai ? Que je sache ?

C'est une longue histoire de confrontation.

Le visage de l'aîné pâlit.

Écoute, toi, l'aîné, je vais régler le mariage de Fuli dès la fin de l'examen. Après le mariage, nous la laissons passer un certain nombre d'examens et nous ne nous en préoccupons pas. Et c'est un grand oiseau sur un grand arbre, s'il s'envole une fois, on ne peut pas le rattraper - qu'en dis-tu, Fuli ? Fuli tente de se lever.

Non, vous ne serez pas libérés même si vous partez d'ici.

Asseyez-vous ici. Le visage de Gangamoni prend une teinte anormale, la douleur s'enracine profondément. Du fond de son cœur, troublée, elle déverse quelques mots. Certes, vous vous marierez, mais vous devez apprendre quelques leçons pour mettre de l'ordre dans votre maison. Ce vieux Gangamoni est très amer, personne ne l'avale. Mais il y a de la douceur sous son habit amer, comme il y a du miel doux dans l'amer.

la fleur de neem - personne ne la recherche. Permettez-moi de vous citer un vieux proverbe. Les mots sont subtilement suggestifs. La façon dont vous l'entendez, c'est le bien qu'elle produira :

Elle s'assoit sur un haut siège en bois/ Elle n'attrape pas de saleté lorsqu'elle cuisine/ En été, elle utilise des chardons et des épines/ Elle garde le bois pour la pluie, seule/ Elle dépense en fonction de ce qu'elle gagne/ Elle demande à ses beaux-parents s'ils en ont besoin/ Elle respecte toujours son mari, c'est vrai/ Elle rougit lorsqu'elle reçoit des invités/ Elle les attend avec de la nourriture et du repos/ Elle va chercher de l'eau dans des cruches pleines/ Elle baisse la tête et ne voit pas d'imbécile/ Elle va comme elle va, elle vient de la même façon/une épouse idéale, Daak en donne le nom (une tradition ancestrale de l'écriture éthique).

Fait le sens de ? Vous êtes des imbéciles. Venez, allons-y.

Emmenant tout le monde, Gangamoni descendit dans les champs. Soudain, un sentiment étrange l'envahit et elle s'écrie, complètement abattue. Fuli éclate en sanglots impuissants et demande : "Qu'est-ce qui te prend, grand-mère ? Pourquoi pleurez-vous ? Gangamoni marmonnait. Elle a offert des pranams à des dieux invisibles. Fuli et ses sœurs n'ont pas pu comprendre ce qu'elle a dit.

Gangamoni se prosterne devant chaque parcelle de plantes potagères.

Nagen demanda avec effroi : "Oh, grand-mère, que fais-tu ?

Fuli réitère la même question.

Rien, a-t-elle répondu. Longtemps j'ai pris de ces plantes. Ma dette s'est accrue de jour en jour. J'ai subi la colère de la terre mère, aujourd'hui je me repens et j'exprime ma profonde angoisse. Oh, mère de la terre, pardonnez-moi, s'il vous plaît.

Soudain, elle fit une chose étrange qu'elle n'avait pas faite auparavant. Elle continue à cueillir des concombres verts et à les distribuer aux enfants. Mangez, les enfants, mangez.

Aujourd'hui, elle transporte des bananes vertes, des papayes mûres et des brinjals. Elle rit dans ses manches tout en continuant à marcher. Dessine des images dans son esprit. Elle a passé commande à l'orfèvre de trois colliers pour trois petites-filles. Fuli sera certainement magnifique. Nagenia recevra une amulette. Elle discutera du mariage de Fuli ce soir. Dans le cas contraire, il s'agira d'un retard démesuré. Les yeux de Gangamoni sont remplis de larmes. Elle entrevoit peu à peu la vision de sa propre maison, des terrains qui la jouxtent. Les terres de la famille ont besoin d'être agrandies. L'argent qu'elle possède, elle le donnera entièrement pour l'achat de terres. Elle vaudra deux bighas, la propriété sera conjointe afin qu'il n'y ait pas de querelle entre les frères après sa mort. Tout le monde aura une part égale.

A peine a-t-elle posé son panier sur le haat que tout est vendu instantanément. Une ou deux connaissances ont demandé : "Mousi (tante), pourquoi viens-tu au haat à cet âge ?

Cette frêle structure supportera-t-elle une telle épreuve ?

Gangamoni a répondu en souriant. Non, plus maintenant. Désormais, je me reposerai. Mon fils aîné le dit depuis si longtemps.

Gangamoni est sorti du haat en peu de temps. Elle n'avait jamais pu sortir aussi rapidement avant cela. L'orfèvre a également assuré une livraison rapide. Elle conservait les ornements dans une pochette qu'elle insérait sous ses vêtements, dans le bas-ventre. Elle réfléchit un peu et achète un kilo de rasgullas chez un confiseur ; elle sourit en elle-même.

Elle a envisagé de louer un pousse-pousse, mais ne l'a pas fait.

Elle s'est éloignée du haat. Aujourd'hui, elle estime qu'elle n'était pas bien ce jour-là. Elle était ébranlée et tous les arbres du bord de la route semblaient noircis.

Le soleil avait des lames tranchantes. Les champs de négociation situés de part et d'autre de la route de pucca semblaient en flammes. Négocier deux kilomètres n'a pas été une difficulté pour Gangamoni. Elle se ressaisit et descendit dans les champs comme d'habitude. Elle jette un coup d'œil au ciel et aperçoit des vautours à une hauteur vertigineuse. Il n'y avait pas d'autres oiseaux. Elle marchait d'un pas attentif. Mais elle perdait le rythme naturel de la marche. La force l'a trahie. Elle est prise d'une immense fatigue, comme si le chemin n'en finissait pas. Sa gorge s'est asséchée. Elle a essayé d'aspirer la salive jusqu'à la luette. Mais il y avait aussi un monstrueux courant d'air dans la bouche. Des spasmes profonds ont bloqué toutes les voies autour de la luette et elle a souffert de troubles respiratoires. Elle s'efforce de l'expectorer, mais n'y parvient pas. Une soif immense l'envahit, comme si tous les pores de sa peau poussaient de grands cris. Elle n'en a pas trouvé sur le chemin...........a regardé le ciel pour prier pour de l'eau, mais..............

Ses yeux ont vu un brouillard...............une faible vision..............un air chargé de feu lui a éclaboussé les yeux.............elle a faiblement entendu les pas de quelqu'un........effrayée, elle s'est retournée mais n'a rien vu. De nouveau les pas et de nouveau elle vit le dos...........la vision obscure n'en découvrit aucun.

D'un pas mal assuré, elle avança en titubant. Elle se précipite, terrorisée. Elle a frénétiquement besoin d'un peu d'eau, un peu d'eau, il faudra bien qu'elle s'en procure, de toute façon............elle a gardé avec elle les sourires de plusieurs vies, elle est devenue prudente. Ses petites-filles l'attendent avec impatience. La joie de Fuli ne connaîtra pas de limites............ Le visage illusoire de Fuli nage à travers un océan...ce n'est pas pour rien que le gars est après her...........Elle n'a pas pu avancer d'un mètre... Elle est tombée........a corbeille s'est détachée, elle a roulé et roulé encore. Elle, qui était au dernier point de conscience, sentait qu'une grande colonne de démons la dévorait, se déplaçait librement, mangeait les organes vitaux et..... elle n'avait même plus la force de lever les mains.

Elle a lutté pour ouvrir les yeux....................et elle a vu la mort se tenir près d'elle................elle l'a vu crier à plusieurs reprises : viens, mortelle....es jours sont finis !

Attendez : s'exclame-t-elle. Comment pourrais-je venir avec toi ? J'ai encore tant de tâches à accomplir.

Je ne partirai pas, non. De ses mains frêles, elle s'accroche à la terre, y enfonce son visage, piqué par les restes de racines de paddy, elle se brûle le visage sur le sol, chaud, brûlant, piquant.

Mais elle s'est exclamée - vous, le ciel, vous préparez un complot contre moi ? Je ne dois pas partir................Je ne dois pas.............Une fois de plus, elle se perd dans un coma plus profond............moment après moment......le sommeil s'installe lentement........mais elle ne veut pas dormir, elle veut rester éveillée, et à l'heure actuelle, elle n'a pas envie de dormir.

ce bras de fer, elle tente désespérément d'ouvrir ses yeux qui s'enfoncent......Elle a remarqué le grand exode d'une grande colonne de fourmis...............c'était comme si la même colonne, détirée......relentless........même en étant frottée, n'avait pas perdu son emprise sur paddy............mais maintenant elle semblait retrouver ses sens... elle a pris sa force pour prononcer.........hey, unkind god, you the Lord Yama(god of death)...Non, je ne partirai pas, non.............Je dois prendre des dispositions pour les jours de pluie.........ans le cas contraire, ma maison, la maison de mon rêve, serait emportée..........Non, vous ne pouvez pas m'emmener, non......Une sensation est apparue sur son corps, comme si de nombreuses fourmis rampaient sur elle........ regardant faiblement la colonne de fourmis qui avançait, elle a découvert qu'elle avait développé de nombreuses jambes en elle, et lentement mais furtivement elle s'est tenue sur ces jambes,.... son visage était suspendu devant, elle ressemblait elle-même à une fourmi............... et, ...et............ avec l'aide de nombreuses jambes, elle a été vue portant la vie pour l'éternité.

****

Le Wazawan

Le "Tash-t-Nari" a été distribué. Il s'agissait d'un déjeuner organisé en l'honneur d'un invité de marque. Les mains de Ghulam Mohammad Tantry, bien que frêles, étaient aussi chaudes que l'eau conservée dans les samovars. Doucement, il a demandé aux invités de se laver les mains. Ils l'ont fait.

Le visage vieilli de Tantry se teinte d'une nuance de couleur, non pas brunâtre ou cramoisie, mais rouge cerise. On a vu le vieil homme s'efforcer de montrer la fierté longtemps nourrie d'un combattant de la liberté. Et pourquoi ne le serait-il pas ? Qu'il a vécu en solitaire - avec deux blessures par balle qu'il a bravées en 1931 ! Et c'était connu de tous ! Le fait qu'il ait protesté contre l'horrible assassinat d'Abdul Quadir, le premier martyr aux mains de la police dogra de l'époque, n'était pas une histoire à dormir debout ! Et qu'il ait été un compatriote, un proche collaborateur de Sheikh Muhammad Abdulla, qui le nierait? Mais il a vécu dans la tristesse.

Personne ne respectait la balle de Lee Enfield utilisée à l'époque : les kalachnikovs lui ont volé une grande partie de son prestige", soupire-t-il. Son fils, Subhaan, est occupé à aider son père à servir les invités. Il a dû redoubler de prudence, car le "mehmaan" invité n'était pas du menu fretin : c'était le ministre en chef lui-même. Il avait si gentiment accepté de visiter sa maison, accompagné d'une galaxie d'étoiles ! Il a remercié Allah de leur avoir donné la chance d'attendre des lumières comme celles-ci ! La cérémonie a également coïncidé avec la date du quatre-vingt-dixième anniversaire de son père. Subhaan était heureux parce que leur maison au village de Palhalan avait l'air d'une descente. La décoration intérieure était également à la hauteur des invités.

Les tables sont disposées en rangées de quatre. À gauche se trouvait Janab P.L. Handoo. Muhammad Safi Uri, Hakim Habibullah, Mahiuddin Shah et, à droite, le Dr Mustafa Kamal Ali Muhammad Sagar et Dilwar Mir. Subhaan jette un regard stupide sur la table centrale. Il y vit l'homme aux joues rebondies et aux yeux arrogants, assis, détendu, à l'aise, avec un sourire de saule, doux et velouté, étalé entre ses lèvres. La succession rapide habituelle de ses volées de répliques cinglantes a été exceptionnellement absente aujourd'hui.

Au lieu de cela, ses plaisanteries enrobées d'humour transpercent le cœur tranquille de Subhaan. Sournoisement, sans raison apparente, un frisson lui parcourut l'échine. Il s'est efforcé d'être tout à fait normal face à l'étincelle inhabituelle dans les yeux du ministre en chef. Subhaan pouvait voir son long nez en forme de flûte respirer profondément les plats, servis aromatiques avec des herbes et farcis avec les meilleurs produits de la terre.

Derrière le rideau se trouvait Noorie - Noor Jehan, la femme de Subhaan. Son fils Akbar, dix ans, élégamment vêtu, s'était régalé, avec ses yeux timides - des yeux plus grands que les siens. Noorie avait planifié depuis des jours, sous la supervision du waza (le chef cuisinier), la préparation des mets délicats. Derrière le chic, elle pouvait sentir la présence du "Wazir-i-Azam" et du "Sadar-i-Riyasat" de leur "mulk" - réel et humain. Pas celui qui est encadré par les services de sécurité, emmené à la hâte par ses hommes dans une voiture blindée. Elle sent aussi la présence des commandos, aux lèvres serrées, froides et aux yeux de renard. Elle sentit soudain une fraîcheur comme si elle avait touché un couteau d'acier trempé dans la glace. Elle a soulevé le volet de la fenêtre et io ! Qu'a-t-elle vu ? Elle a été étonnée de voir deux dames vêtues de burqua regarder leur maison comme des chats ! Expérimentée, elle n'arrivait pas à croire qu'il s'agissait de femmes, la burqua étant inhabituelle dans les familles cachemiriennes modérées. Une sensation étrange l'envahit. Elle recula de peur et rencontra les yeux curieux d'Akbar.

Accablée et frappée par un malaise de plus en plus pesant, Noor Jehan a serré son enfant unique contre son patron. Elle dépose violemment un baiser sur le front de son fils.

"Qu'est-ce qui te prend, ammie ?", demande Akbar, déconcerté.

"Rien, mon enfant", murmure Noor Jehan.

La salle à manger a été le théâtre d'une séance d'amusement et d'ébats. Viennent ensuite la politique, l'élection et l'administration. Et l'aide centrale tant vantée de mille milliards de roupies sera débloquée pour le développement de la vallée.

Ghulam Mustafa s'est rallié faiblement.

"Votre père était le symbole du Cachemire. Il a vécu et est mort pour le Cachemire".

Le ministre principal a hoché la tête en signe d'approbation.

"Qu'Allah tout-puissant ait la bonté de faire de vous une autre "Sher-i-Kashmir".

Le ministre en chef se délectait de methi et de tabakmaaj. Sur la table devant lui se trouvaient des pots de raganjosh et de rista. (Cuisine spéciale pour Wazawan, c'est-à-dire un grand festin, une nourriture aristocratique très appréciée et très vantée, servie lors d'occasions spéciales pour les invités dans la vie de la vallée. Contient au moins 35 à 40 éléments). Il leva les yeux et nettoya sa gorge aigrelette - "Ghulam Sahaab, on dit que j'ai rejoint la bande du Congrès en tant que leur laquais et que je viens juste de me sauver d'un saut périlleux ! Ils ont également mis mon père en accusation, comme s'il n'avait avalé l'Accord de 1975 que par crainte d'être écarté du pouvoir ! Vous voyez, mon père a construit "Naya Kashmir" (le nouveau Cachemire) et pourtant "in logonka complain hain ki, unhone riyasat ko aapna pariwar raj bana liya" ! Ces gens ne valent pas la peine d'être salés". Ghulam Sahaab se contente de le regarder fixement.

Le ministre principal s'est occupé de déguster un kebab à cinq plats. Un silence épouvantable s'installe. Pour combler ce vide, Ghulam Muhammad est revenu au bon vieux temps. Il semblait parler depuis un monde lointain : "1 remember a shayeri - the song of a legend" (1 souvenir d'un shayeri - le chant d'une légende). Les yeux gris de Ghulam Muhammad traversent l'océan de l'oubli : Zainagairi aab pheri / soweri manj laal neiri (quand l'eau coulera dans le canal de Jainagar/ A Saura naîtra un joyau).

"Et Sheikh Sahaab est vraiment né comme un joyau de Saura", a fièrement proclamé le chef.

Ministre.

Un Ghulam Muhammad inspiré a poursuivi -

Le souvenir d'un moment est encore vif dans mon esprit : "J'étais juste devant la Jama Masjid. Sheikh Sahaab était assis à côté d'un homme mourant qui avait participé à l'agitation contre la détention et la mort d'Abdul Quadir. 31 cadavres ! certains ont été écorchés comme des morceaux de Kebab. Profondément peiné et agité, Sheikh Sahaab se baisse pour écouter les dernières paroles du mourant... "Nous avons fait notre devoir. Je dis à la nation, à mes frères du Cachemire, qu'ils doivent maintenant faire de même, afin que le sang qui est en train de couler ne soit pas perdu.

Le fruit versé aujourd'hui ne sera pas perdu, il portera du fruit un jour. Le flambeau qui est allumé aujourd'hui doit être entretenu jusqu'à ce que la nation atteigne la liberté totale"... et Sheikh Saahib a juré par la goutte de ce sang...

Tantry n'a pas pu terminer sa récapitulation. Une tranche de kebab collée à la tête du chef du gouvernement.

gorge.

Visiblement exaspéré, il a rapidement réussi à l'engloutir. Akbar, le fils de Subhaan, se précipite avec une cruche d'eau en argent. Le ministre en chef boit une gorgée à la hâte et, pour la première fois, jette un regard interrogateur sur le garçon.

"Qui est ce garçon ? Il a demandé à Ghulam Muhammad. "Mon petit-fils Akbar", répond fièrement le grand-père. "Comm'on. Discutons, barhudder" ! le garçon était timide. Le ministre principal a pris l'enfant sur ses genoux et lui a dit : "Ne t'arrête pas. Poursuivez vos études. Lorsque tu auras terminé tes études, viens me voir, je te nommerai officier"

C'était l'heure de la gustaba. Le dernier et le meilleur plat, le Wazawan, est le grand dessert cachemirien.

Une décennie s'est écoulée depuis. Le soir est tombé sur le village de Palhalan, dans le district de Pattan. Nous sommes en novembre. Les sommets lointains et proches étaient habillés d'argent. Le soleil agréable et lumineux avait descendu les contours lointains de la crête et un air frais et vivifiant venait de s'engouffrer dans la brèche. Akbar, de retour à la maison après une journée de chasse aux carrières, s'en prend à son père : "Regarde, abba, ça ne peut pas durer longtemps".

De quoi parlez-vous, mon fils ?

A propos de cette maudite admission au B.Ed. Collège. Saviez-vous que ce n'est qu'un canular ? Ce n'est rien. La puanteur est omniprésente. Ce dont nous avons besoin, c'est d'une opération chirurgicale de ce muscle moral paresseux de la société. Je ne pense pas qu'ils aient tort de prendre l'arme. "Hush-sh-sh ! Subhaan, visiblement terrifié, pose ses doigts tremblants sur les lèvres d'Akbar.

Juste à ce moment-là, on frappe à la porte et toute la famille se lève. Subhaan paniqué. Il ne sait pas pourquoi.

Akbar s'apprête à se diriger vers la porte lorsqu'il est repoussé de force.

Noor Jehan, se précipitant avec un pot de Kahwah (thé vert aromatisé au safran, à la cardamome et aux amandes) s'est arrêtée.

Subhaan ouvre la porte et rencontre un sourire béat. Il s'agissait du major S.S. Sinha.8 Raj Rifles.

"Liyaquat ! murmure Subhaan. Il connaissait cet officier Liyaquat à poil nu pour sa cruauté et sa passion meurtrière. La tête de Ghulam Muhammad Tantry s'est détachée du fauteuil dans lequel il était plongé. Le major élargit son sourire.

"Désolé de vous déranger, Ghulam Sahaab. Je veux emmener Akbar avec moi pendant une heure et le ramener moi-même. Soyez indulgents avec moi, messieurs.

"Pourquoi moi, monsieur ? demande Akbar, étonné.

Cette fois, Gulam Mustafa est intervenu.

"Major Saab, il vient de rentrer, il n'a pas déjeuné et n'a même pas pris de naasta. Son âme perturbée

ne pouvait s'empêcher de manifester une inquiétude manifeste à l'égard de son petit-fils.

Pourquoi, monsieur ? demande Subhaan.

"Pour un simple puchh-tachh (questionnement)

"Mais il n'est pas impliqué dans quoi que ce soit. Vient de terminer ses études. Sur le point de passer le B.Ed. Cours. Toujours solitaire. Se tient à 500 mètres de la politique "Détendez-vous ! Nous n'avons pas encore dit qu'il était impliqué dans quoi que ce soit. Nous ne voulons que quelques informations.

Vous savez que la chasse à l'information est notre devoir ...... ?

"Si je ne sais rien, comment puis-je fournir des informations ? Akbar reprend courage. "D'accord, d'accord, nous allons juste parler de votre carrière". Le sourire du major Sinha ne l'a pas laissé tranquille.

Les yeux de Ghulam Muhammad restent suspendus dans l'incertitude. Il a répondu poliment : "Monsieur, je me suis battu pour cette terre. Il s'est battu avec la police Dogra, avec les pillards tribaux en 1947, avec les hooligans communaux par la suite. Le défunt Sheikh Abdulla Sahaab avait confiance en moi. Son fils, l'actuel ministre en chef, est venu chez nous, invité. Nous avons accueilli Wazawan pour son honneur............ "la queue de sa voix s'est soudain éteinte dans un sanglot "Ne vous inquiétez pas ! 11 sera de retour dans une heure !

Akbar le suit à contrecœur et disparaît sous une baraque en bois. Sa voiture a dépassé le tourbillon de la route, éclairant les maisons voisines d'une lumière inhabituelle. La famille de Subhaan s'est retrouvée dans un état de confusion totale. Les faibles cris de Noor Jehan s'amplifient. Muneera. L'épouse d'Akbar tient son fils Azam par les mains et reste stupéfaite. Elle n'a même plus le courage de pleurer. Le temps passe. Deux ....three.........quatre heures se sont écoulées. La soirée a eu - comme en magasin - une longue longue nuit. De temps à autre, la famille se lève d'un bond au freinage soudain d'une voiture sur le pas de leur porte, au bruit de pas se perdant dans l'obscurité ou à l'aboiement des chiens de la rue. Mais ce n'était qu'une illusion. Pendant ce temps, l'horloge sonnait douze coups. Il a drainé tout le sang du visage de la famille.

Akbar n'est toujours pas revenu Il a frappé un ....struck deux. Akbar ne revient toujours pas. Ghulam Muhammad Tantry n'a pas tenu compte de son âge. Une délégation conduite par lui s'est rendue au bureau du commandant Sinha. Bravant le froid et le gel, battue par un vent hurlant, la délégation a attendu devant le bureau du major. La porte ne s'est pas ouverte. Le personnel de sécurité leur a dit de contacter l'agent local du commissariat. Mais Ghulam Muhammad Tantry a refusé d'obéir. Son argument était que son petit-fils n'avait pas été arrêté pour un crime ou une activité militante. Le bureau de poste local n'avait donc aucune trace dans son registre. C'est le commandant

Sinha qui a personnellement pris Akbar et l'a emmené vers une destination inconnue. Le commandant Sinha devrait donc répondre.

Les forces de sécurité ont eu recours à une légère charge à coups de crosse pour les disperser. La situation s'est alors tendue. La foule en colère est devenue violente et les hommes de la sécurité allaient infliger un assaut majeur.

Cette fois, c'est un major Sinha froid qui apparaît, les mains croisées. Il promet qu'Akbar sera libéré le lendemain matin.

Le matin tant attendu est arrivé. Il a péniblement glissé jusqu'à midi. De midi à l'après-midi. Rien s'est produite.

Une soirée s'est déroulée furtivement. Il annonçait une nuit sinistre. La famille terrifiée se réunit dans le salon. Ils se parlaient en silence.

Vers 20 heures, un bruit de moteur a été entendu juste à la porte de la maison. Dans une grande attente, Noor Jehan se précipite vers la porte et l'ouvre. A son grand désarroi, elle aperçoit une voiture noire, sans plaque d'immatriculation, ni à l'arrière, ni à l'arrière.

Deux jeunes hommes vêtus de phéranstères noirs sont arrivés. Ils s'enquièrent de Subhaan et lui demandent froidement de les laisser entrer. Ils n'ont pas attendu l'approbation et sont entrés de force dans le réfectoire. Prise de possession sur les chaises. Demande de la nourriture.

Noor Jehan, déconcertée, a servi de la nourriture.

L'un des deux a convoqué Subhaan devant lui

"Vous voulez sauver votre fils du lynchage ou de l'abandon sous la Jhelum ?

Subhaan frissonne. Il demande d'une voix tremblante : "Où est Akbar?"

La faible voix de Ghulam Muhammad Tantry ne parvient pas à atteindre les intrus.

"Le commandant l'a-t-il libéré ? Avec "lui", la voix de Tantry s'est affaiblie.

L'un des intrus siffle : "Il a fait faux bond au major et s'est échappé."

"Échappé ? Jusqu'où ? Je jure par le nom d'Allah qu'il n'est pas un tel garçon", Subhaan argumentée.

Le deuxième homme l'a dit d'une voix glaciale, comme s'il divulguait un secret. Akbar a remis

un pistolet au major". Il a commencé à se nettoyer les dents avec la lame d'un couteau.

"Incroyable", s'exclame la mère exaspérée.

"Croyez-le ou non, c'est la vérité. Nous avons cherché à savoir où il pourrait s'enfuir - connaissez-vous un repaire ....or ?"

Ils se contentent de regarder les visages sans éclat. "Si vous le voulez, nous remonterons jusqu'à lui avant que le major ne se jette sur lui - mais cela coûte" - Le premier homme tente de lire Subhaan.

"Après tout, nous sommes vos bienfaiteurs.......we'll persuader le major... nous savons qu'il n'est pas un

Il s'agit de son premier délit", a déclaré le président de la Commission européenne.

Le silence a prévalu.

Mais une mère en sanglots l'a interrompu.

-Combien ?

"Il ne s'agit que du voyage aller-retour, à partir, disons, de la maison de sa belle-famille... deux mille dollars suffiront "Leurs yeux pendaient comme ceux d'un loup. Subhaan est entré à l'intérieur. Muneera se tient debout, stupéfaite, un bracelet en or dans la main droite. Le petit dernier - le petit-fils de Subhaan - a été vu en train de jouer avec le bracelet de sa main gauche. Le cœur de Subhaan fondit. Il a pris sa femme Noorie à part et, au bout d'une minute, est ressorti avec l'argent. Les yeux des hommes brillent. Ils se sont enfuis avec le butin en laissant un avertissement légal de ne pas ouvrir la bouche à qui que ce soit. Cela retarderait la libération de leur fils.

À peine ont-ils disparu dans l'obscurité qu'un véhicule de l'armée s'élève en tourbillonnant, puis descend jusqu'à la porte de Subhaan. Cette fois, c'est un Subhaan épuisé qui ouvre la porte d'entrée et fait face au major accompagné d'un groupe de soldats.

Sans attendre de permission, le major entre et s'installe sur une chaise. Les soldats sont restés à l'extérieur pour monter la garde.

"Bonjour à tous", éjacule le major. Puis, jetant un coup d'œil au loin, il repère Ghulam Muhammad qui se languit. Il lança aussitôt un namasté au vieil homme. (Namaste = salut) Ghulam Muhammad avait des lignes d'inquiétude bien visibles gravées au sol sous ses yeux.

"Parvenons à un accord, Ghulam Sahaab". Il a essayé de le lire

"Règlement - de quoi" ?

"Pour votre ladla - je veux dire aapke pyara petit-fils Akbar - l'innocent devenu militant"-.

"Major, respectez au moins mon âge"

"Je le ferai, je le ferai. Lekin - kya karun (que puis-je faire) ? De graves accusations pèsent sur lui - il aurait remis des armes de contrebande comme ....no, non, je ne vais pas en donner la liste. Mais il est possible de conclure un accord ...... bien sûr, comme un gentleman .... et de s'assurer que l'accord est bien respecté.

la liste des saisies ne doit pas être produite par moi ....mais .... La femme de Subhaan a senti que quelque chose n'allait pas. Elle s'est présentée et a demandé franchement "combien ?".

Le major Sinha feint l'indifférence. Il y a eu un silence inquiet. L'homme au cou de canard assis à ses côtés, a fait le travail à sa place.

"Cinquante mille dollars.

Le troisième homme a sauté sur l'occasion.

"Et un Wazawan - aussi grandiose que possible"

Il avait les yeux gras et graisseux. Subhaan s'explique : "Monsieur, je suis un pauvre électricien, Travailler à l'office national de l'électricité"

"Électricien. Mais vous n'êtes pas pauvre, vous avez un commerce - florissant - de châles en pashmina. correct ?

"Je ne suis qu'un fournisseur de commandes !.... ?

Le major a interrompu : "Nous perdons notre temps".

Il demande au deuxième homme, dans l'ordre, de dire à Subhaan que cinquante mille dollars ne sont pas une somme importante pour la libération d'un fils de militant, surtout en ces temps troublés où les décès en garde à vue sont si fréquents.

L'affaire a été réglée à trente mille roupies. Et un Wazawan.

La fête se termine en promettant la libération d'Akbar le lendemain matin.

Le lendemain matin est arrivé et a disparu. Il a été ajouté à de nombreuses annexes. Tout s'est déroulé sans incident. Le suivant est arrivé. Prochain départ.

L'attente de la suite est devenue pesante. La famille est au bord de l'effondrement.

C'est arrivé le soir du 30 novembre. Le major s'est empressé de mettre en scène, comme s'il s'agissait d'un retour en arrière. Il a déclaré en public qu'au moment où il allait être libéré, Akbar s'était échappé.

Cette fois, Noor Jehan a tenu bon. Elle a pris le courage d'affronter le major.

Monsieur, hum jinda mar jaaten hain, thori raham kijiye. (Monsieur, vivant, nous sommes censés être morts. Tant que nous sommes en vie, ayez pitié de nous !

Le commandant Sinha a sifflé un petit rire pour exprimer sa solidarité avec la mère éplorée.

"Dans tout le Cachemire, j'ai entendu parler de jeunes égarés. Prendre les armes, ils tuent d'abord leurs parents, puis le Cachemire, puis l'Inde. J'essaierai de les amener à de la vie, je vous le promets".

Cela n'a pas suffi à satisfaire la famille lésée.

Muneera se révolte. Elle avait une rage frémissante "Vous l'avez pris pour un l'interrogatoire. C'est à vous de le lui rendre. Tout le monde vient jouer avec nos sentiments". Elle fond en larmes : "Hum kya Khilouna hai ? (Et sommes-nous de simples jouets ?).

"Vous voyez, je ne peux pas tolérer les larmes, je suis venu ici pour enlever vos larmes. Pas pour vous faire vivre sous la menace constante des larmes".

Personne n'a voulu écouter. Le major était furieux à l'intérieur. Mais il a réussi à enterrer et à renouveler sa promesse. "Je vais essayer de le rendre à la famille".

Ghulam Muhammad ne put s'empêcher un cruel sarcasme : "Meherbani karke usko jinda waapas dijiye" (ayez la gentillesse de le ramener vivant).

Promesses renouvelées. Des promesses tombées dans l'oubli. Akbar est devenu un mystère. Les larmes se sont taries. L'inquiétude a poussé la famille à lancer un mouvement de protestation. Le 14 décembre, la famille a déposé une plainte contre le major Sinha au poste de police local. La nouvelle a créé dans les milieux de la sécurité. Ripples a fait des vagues lorsque les défenseurs des droits de l'homme sont intervenus. La situation s'est aggravée. La localité a connu un certain nombre de répressions. Les opérations de peignage se sont multipliées. Les descentes de nuit sont devenues une routine.

Lors d'une de ces nuits, le major Sinha s'est rendu directement à la maison de Subhaan et a fait sortir de force tous les membres masculins et les a fait asseoir dans un froid mordant, les mains attachées dans le dos.

Il se jette sur Subhaan, le père dévasté d'Akbar. Il a saisi son menton et lui a chuchoté à l'oreille : "11 lance une grenade dans ta maison............annihilate all of you".

et se déversent au fond de la Jhelum. Retirez la plainte, espèce de porc... Faites ce que je dis, si vous voulez que votre fils soit un jour libéré.............. retirer la plainte Mais les cœurs endurcis n'ont pas fondu d'une once. Ils ne se sont pas prosternés. De plus, la presse a créé une forte tension autour de la disparition mythique d'Akbar.

Et le major devait agir avec sang-froid. Il est reparti sans faire de bruit. Il reste silencieux pendant deux longues journées. Pendant ces deux jours, Subhaan s'est déplacé d'un pilier à l'autre. Le troisième jour, de nuit, le major a ratissé le village voisin de Wusan et y a arrêté Abdul Ahmed Dar, un jeune homme de vingt et un ans.

On est venu le chercher les yeux bandés. D'abord battu à coups de lathis, il était prévu qu'il subisse un traitement au rouleau. Il ne sait pas combien de temps il a été traité par le rouleau. Les genoux mous et spongieux, les fesses violettes, la plante des pieds presque décollée, Abdul a supplié pour sa vie. Il a commencé à uriner du sang.

Le major lui donne un papier à signer. Il s'agissait d'une confession dans laquelle Abdul avait vu Akbar à Azadpur, à Delhi, alors qu'il devait lui-même y rester de peur d'être appréhendé par la police.

Le lendemain, le major triomphant tient une conférence de presse, nourrit les journalistes présents avec du poulet tandoori et divulgue le secret.

Il s'est ensuite rendu directement chez Subhaan avec les aveux d'Abdul Ahmed Dar.

Il avait l'air tout à fait détendu et étonnamment frais. "Bonjour, Ghularn Sahaab, je vous avais dit que votre petit-fils n'était pas aussi innocent que vous l'imaginiez".

Ghulam Muhammad n'a pas répondu.

"Vous ne nous croyez pas, même si nous avons fait beaucoup d'efforts pour gagner votre confiance. Vous voyez, le même major est venu vous voir pour vous dire où se trouve Akbar" ?

"Où est-il ?", demande une mère souffrante.

"Attendez, attendez, je suis fatigué. Je préfère venir plus tard"

On lui a servi du yakhni de nun et de mouton. Café à la fin. En sirotant un café, le major se sent suffisamment énergique pour tisser un motif complexe.....

Il appela Subhaan et lui chuchota à l'oreille : "Pars immédiatement pour Delhi. Akbar était vu pour la dernière fois à Azadpur"

Son visage change alors de couleur. Subhaan frissonne jusqu'aux ongles. "Si tu ne le fais pas, j'irai moi-même tuer Akbar là-bas. Vous m'entendez ?"

Pour Subhaan, c'était plus qu'un ordre. Il devait partir. Une faible lueur d'espoir apparaît : il trouvera Akbar, le persuadera de se rendre et implorera le président - par l'intermédiaire du ministre en chef - de lui accorder une amnistie. Prenant à la hâte deux de ses proches, il se précipite à Delhi. Du 23 janvier au 15 février, ils ont lancé une recherche effrénée - dans les maisons de leurs proches - dans tous les abris possibles, dans les hôpitaux et même dans les commissariats de police. Mais nulle part ils n'ont pu retrouver la trace d'Akbar. Ils ont été les seuls à pouvoir localiser un officier de renseignement cachemiri à Azadpur. Il a témoigné sa sympathie à la famille et a promis une libération rapide d'Akbar. Pour cela, il a promis de se rendre à Srinagar pour rencontrer Liaquat alias major S.S.Sinha, qui se trouvait être son ami. Tout ce que Subhaan avait à faire était de payer vingt mille roupies pour le coût du billet d'avion et les dépenses. De retour chez lui trois jours plus tard, Subhaan est convoqué au bureau de l'officier du commissariat.

Il y aperçoit Liaquat, en train de batifoler avec l'officier de renseignement cachemiri. Il éclate d'un rire sauvage et tape dans le dos de l'officier. "Vous n'avez pas compris que je me moquais de vous ? Hé, les fous, écoutez, les vraies nouvelles d'Akbar seront connues de tous, demain, lorsque nous libérerons Abdul Ahmed Dar - le seul témoin oculaire de l'évasion d'Akbar ! Alors, attendons le matin".

Ce soir-là, Subhaan convoque tous les membres de sa famille dans le salon. Il a déclaré avec lassitude qu'il organiserait un deuxième wazawan en l'honneur du ministre principal. Personne, à l'exception du ministre principal, n'a pu l'aider à retrouver son fils disparu. Mais il n'a plus d'argent pour la cérémonie, car il doit dépenser jusqu'à ses derniers paisa pour la libération d'Akbar. La tête baissée, les yeux chargés de désespoir, il a demandé à chaque membre de contribuer à la cause. Ils l'ont fait. Le vieux Ghulam Muhammad a présenté une médaille d'or qui lui a été décernée pour sa lutte exemplaire contre les pillards au Cachemire, rappelant l'époque d'Abdullah. Subhaan a vendu tous les ornements, à l'exception de la médaille d'or. Il pensait montrer ce document au ministre principal alors qu'il était invité et reçu chez lui. Le ministre principal pourrait peut-être faire quelque chose pour le garçon qu'il avait promis de nommer directement officier il y a dix ans. Ils ont commencé à se préparer pour le wazawan pendant toute la journée du lendemain. Il s'est désintéressé de la question de savoir si Abdul Ahmed Dar, du village de Wusan, avait été libéré dans la matinée ou non.

Noor Jehan est occupée à nettoyer le samovar. Elle est désormais la waza (la cuisinière en chef). Elle a tout supervisé. La vaisselle a été soigneusement comptée. Les ingrédients du repas ont été personnellement choisis par elle. Subhaan avait acheté tous les produits les plus délicats, y compris le methi* et le tabakmaaz. La préparation du raganjosh et de la rista a été pleinement satisfaisante. Des brochettes à cinq plats - viande de mouton, poulet, agneau, hariyali et veau - ont également été triées et conservées avec soin. Des légumes à six plats ont été sélectionnés, nettoyés et placés dans des paniers. Et le dernier - le gustaba exclusif, le phirni et un kahawa spécial ......

*methi - feuilles de fenugrec.

*tabakmaaz - côtelettes de mouton non épicées, frites et croustillantes

*raganjosh - morceaux spéciaux de mouton épicés avec des piments du Cachemire

*gustaba - boulette de viande pilée cuite dans du yaourt.

Subhaan est parti pour Srinagar aux premières heures du jour suivant. Cette fois-ci, il était déterminé à inviter personnellement le ministre principal au wazawan. Il le contactait de toute façon et lui disait : "Je suis Subhaan, fils de Ghulam Muhammad Tantry, un proche collaborateur de feu Sheikh Muhammad Abdulla, Sher-i-Kashmir, et je souhaite organiser un wazawan en votre honneur, monsieur............".

Subhaan a réussi à atteindre Srinagar, mais n'a pas pu joindre le ministre en chef.

Au pont zéro, il a été appréhendé par les forces de sécurité, placé en garde à vue et battu sans pitié. Ils ont exposé sur lui la carte accidentée du Cachemire. Ils voulaient également faire un kebab de sa chair, mais ils ont été retenus. En garde à vue, il a été autorisé à rencontrer Manzoor Ahmed Naikoo du village de Wusan. Il rencontre Naikoo qui annonce à Subhaan que Liaquat a finalement libéré Abdul Ahmed Dar, son fils, de toutes les authentifications dont Subhaan, dans un premier temps, ne comprend pas le sens. Il fixe Naikoo. Il a dit : "Et votre fils? Les yeux de Subhaan sont vides. "Son corps décomposé a été découvert par un agriculteur alors qu'il labourait ses terres. Les yeux de Subhaan ne font que vaciller. Il ne lui restait plus qu'une seule personne, le ministre en chef, pour obtenir la libération de son fils.

N.B. Pour les lecteurs intéressés, Subhaan est maintenant libéré et laissé sur les routes. Il est désormais nomade. Il ne parle pas ; il supplie avec ses yeux. Lorsqu'il mendie, il n'accepte aucune pièce de monnaie. Il ne veut que des billets de banque. On l'a souvent vu compter l'argent. Il ne parle qu'une seule fois lorsqu'il rencontre un commandant de l'armée. Il prie devant lui : "S'il vous plaît, laissez-moi rencontrer le ministre en chef, je l'inviterai à un wazawan. Voici la médaille d'or que mon père a reçue - mon père, un combattant de la liberté de 1931... S'il vous plaît, dites au ministre en chef d'ordonner à ses hommes de retrouver Akbar, qu'il a vu comme un simple garçon en 1987 et à qui il a promis de faire un officier direct. .... Dites-nous ce que vous en pensez. J'ai préparé un wazawan dans son honneur.... N'hésitez pas à lui dire........

www.ingramcontent.com/pod-product-compliance
Lightning Source LLC
LaVergne TN
LVHW041629070526
838199LV00052B/3291